ハヤカワ文庫 SF

〈SF2292〉

宇宙英雄ローダン・シリーズ〈623〉

夢見者カッツェンカット

クルト・マール&トーマス・ツィーグラー

鵜田良江訳

JN172533

早川書房

8546

日本語版翻訳権独占
早　川　書　房

©2020 Hayakawa Publishing, Inc.

PERRY RHODAN
DER BÖSE GEIST VON TERRA
DIE MACHT DES TRÄUMERS
by
Kurt Mahr
Thomas Ziegler
Copyright ©1985 by
Pabel-Moewig Verlag KG
Translated by
Yoshie Uda
First published 2020 in Japan by
HAYAKAWA PUBLISHING, INC.
This book is published in Japan by
arrangement with
PABEL-MOEWIG VERLAG KG
through JAPAN UNI AGENCY, INC., TOKYO.

目次

夢見者カッツェンカット

テラの悪霊

クルト・マール

登場人物

ペリー・ローダン……………………………銀河系船団の最高指揮官

タウレク
ヴィシュナ } ……………………………コスモクラート

レジナルド・ブル（ブリー）……………ローダンの代行

ジュリアン・ティフラー…………………ＬＦＴ（自由テラナー連盟）の首席テラナー

ガルブレイス・デイトン…………………宇宙ハンザの保安部チーフ。感情エンジニア

ローランドレのナコール…………………アルマダ王子

フレド・ゴファー…………………………コミュニケーション専門家

エギン・ラングフォード…………………宇宙ハンザ要員

１＝１＝ナノル……………………………技術エレメント。テクノ衛星

カッツェンカット…………………………指揮エレメント

1

フレド・ゴファーは、ぐっすりと眠っていた。そのために、玄関ブザーの音に反応するまで時間がかかったのである。腕をついて身を起こし、時計の発光数字を見る。ノースカロライナ州時間で、午前二時四十分。

「なんだ?」フレドはうなるようにいった。

「ポター・マクファーソンだ」外から返事がきた。「だいじな用がある」

小声で数々の悪態をあれこれもらしながら、フレドはベッドから這いだした。

「あすまで待てないんですか?」起きぬけのかすれた声で応じる。

「きょうが、そのあすだ」ポターは頑とした理屈を振りかざした。「ほんとうに重要な話なのだ、開けてくれ」

ポター・マクファーソンは、アパラチア山脈の麓《ふもと》にあるちいさな町、サンディマッシュの巡査で、ふだんからあまりすることがない。警察の仕事など、サンディマッシュのようなちっぽけな町にはほとんどないのだから。だがそうはいっても、ポターは政府当局の代理人だ。当局の者を門前ばらいするわけにはいかないだろう。

玄関へと歩くうちに目がさめて、フレドははっとした。いまは〝夢の蛾〟つまり技術エレメントの影響で、地球住民の九十パーセント以上がヒュプノ・トランス状態にある。技術エレメントは、その三倍もいまいましいエレメントの十戒の一員だった。だが、よりによってポター・マクファーソンが免疫保持者なのか？　ポターは事件のない勤務時間中、ありったけのヴィデオ・メディアを見ている。それはサンディマッシュのだれもが知っていた。夢の蛾の超心理的操作をまぬがれることなど、ありうるだろうか？

「ですから、どんな用件なんですか？」フレドはたずねた。

「ドアを開けてもらえたら話す」と、ポター。

「わかりましたよ」フレドは低くいった。

玄関に向かいながら、フレドはコンビ銃を手にとった。ふだんから、夜には寝室のヒマラヤスギの箱の上に置いてあるものだ。天井の照明は自動的に点灯していた。銃を麻痺モードにして、自宅コンピュータにドアを開けさせる。

玄関が開いたとき、フレドは寝室の出入口にかくれていた。ポターはすこしばかり自信を持ちすぎていたようだ。通廊のまぶしい明かりにまばたきをしている。その手にある銃は見のがしようがなかった。

「どこにいる？」ポターが憤然と叫ぶ。フレドは発射ボタンを押した。ポターはうめき声とともに両手をあげてその場にくずおれ、持っていた銃を床に落とした。フレドはそれをひろう。この先、手に入ったすべての銃を使うことになるかもしれないからと、自分にいいきかせて。

開いたままの玄関ドアまで、慎重に近づいた。外では庭の照明が煌々《こうこう》とともっている。巡査はひとりでできたようだ。かんたんにいくと、1＝1＝ナノルは思っていたのだろう。フレドは意識のないポターのからだを家に引きずりこみ、ドアを閉める。そのそばで冷たい大理石の床にしゃがむと、次になにをするべきか、考えた。

＊

夢の蛾がテラを襲ったのは、三週間以上前のことである。すくなくともフレドは夢の蛾と呼んでいたが、公式にはまだ〝テクノ衛星〟といわれている。長さ一メートル弱、卵形で、音もなく空中を浮遊し、地球の宇宙航行初期の原始的な人工衛星を思わせるからだ。これこそがエレメントの十戒の一員、技術エレメントの姿であった。だが、十戒はもはや十戒ではなくなっている。十のエレメントのうちの多くが失われていたから。卵形の物体の内部には、カラフルに光る栄養液中を浮遊するアニン・アンの生体脳物質が入っている。これらには、テラのコミュニケーション・ネットワークの周波帯やチャンネルを、まるでショパンを弾《ひ》く名ピアニストのように操作する悪魔じみた能力があった。かれらはプシオン・エネルギーを発してさまざまな通信ネットワークに介入し、ニュース放送を見たり、ラダカムの周波帯で友と話したりするテラナーを、トランス状態においてしまうのだ。

フレド・ゴファーは民間の研究者で、コミュニケーション技術分野における能力は高く評価されている。かれは最初から夢の蛾に注目していた。一流の機器がそろった自宅ラボや、ほど近い複合研究施設の大規模装置を使い、夢の蛾の挙動をくわしく調査したのである。ほんの数日でテクノ衛星の専門家となり、公職にある科学者や技術者にその知識を伝えるよう、テラニア・シティに呼びだされさえしたのだった。

だが、フレド・ゴファーに注目したのは首都の要人だけではなかった。夢の蛾も、何者かが自分たちの計画を見破ろうとしていることに気がついたのである。そして、フレドを真剣に相手どるべき敵とみなした。

フレドは〝スウィンガー・クラブ〟のメンバーである。スウィンガーといえばメディア・フリークと、すくなくとも一般的にはいわれていた。かれらは技術装置を使いこなし、メディア放送をふつうに視聴するのではなく、意識で直接受けとるのだ。スウィンガーのもっとも重要な装備は、リモコンであった。これはメディアのシグナルを受信して加工し、プシオン性インパルスを挿入したうえで発信する。それをスウィング冠が意識に直接、転送するのだ。

スウィングの流行は、無限アルマダがソル＝アルファ・ケンタウリ＝シリウス宙域に到着するとメディアが騒ぎはじめたころに見られるようになった。スウィングは公式には非合法である。スウィング冠の乱用は、依存症や精神障害を引き起こす恐れがあるのだ。だが、これまでスウィンガーの取り締まりが厳格におこなわれたことはない。人類はいま、べつの問題をかかえているから。そのうえスウィンガーは、リモコンとスウィング冠の使用によってわずかに意識が変化するため、ヒュプノ・トランスに免疫があると判明していた。免疫保持者は、NGZ四二九年一月のテラでは必要とされていたのである。

フレドのテラニア滞在が終わりに近づいたころ、1＝1＝ナノルという名のアニン・アンが接触してきた。このアニン・アンは、地球における夢の蛾作戦の指揮官だと主張し、フレドの人生は終わりだと挑戦状をたたきつけてきた。フレドはその脅しを軽く考えることができず、1＝1＝ナノルがどのような攻撃をしかけてくるのか、何日も頭をひねった。だが、一週間半が過ぎても危険なことは起こらず、どこよりも愛している故郷サンディマッシュに帰ってからは、警戒心もしだいに薄れていった。そのために、今夜、1＝1＝ナノルに操られたポター・マクファーソンによってあやうく排除されるところだったのである。

＊

科学者の経験を生かして、フレド・ゴファーは次の行動の計画を綿密にたてた。何度も1＝1＝ナノルのターゲットになるわけにはいかない。この家をはなれる必要がある。気が進まないのは、居心地のいいわが家をはなれると同時に私設ラボを放棄することにもなるからだった。ここの装置で夢の蛾の調査をつづけようと思っていたから。とはいえ、臨機応変に動くしかないのである。格納庫の最新鋭グライダーは高性能で高速だから、追いつかれる心配はない。あれに重要な装置を積み、山のどこか、人けのない場所で研究をつづけられるだろう。まずはじめに、夢の蛾の位置の特定法を探りだそう。そして、地球全土を飛びまわる数十億体のうちの一体、つまり1＝1＝ナノルを見つける方法を確立するのだ。

頭をひねりながら、熱に浮かされたようにフレドは計画を実行にうつしはじめた。グライダーに荷物を満載するまで、二十分間弱。飛翔装置をそなえた宇宙服もある。セラン防護服なみの多機能だ。これは、エネルギー性バリア・フィールド内で起こる通信障害を研究しようと、数年前に調達したものである。

ポター・マクファーソンの呼吸は安定している。数時間で目をさますだろう。フレドは格納庫に向かう途中で、だれにも知らせずに身をかくすのは賢い方策ではないと気がついた。なにをするつもりなのか、信頼できるだれか……免疫保持者に知らせておかなければ。

ホマー・ビスロウが頭に浮かんだ。ホマーはローカルニュース放送局WSDYのオーナーで、同時にこの放送局のたったひとりの社員である。おまけに、フレドはホマーにいくつも貸しがあった。自分が放送局のどうしようもなく古い装置を何度も改良したからこそ、WSDYは放送圏も顧客数も三倍にできたのだから。ちなみに、ホマーもスウィンガーだ。つまり、免疫がある。

ホマーは、深夜の連絡にいやな顔をしてみせた。

「クローン・メイセンハートの放送を聞いていなかったら、寝ていたところを起こされていたぞ」と、ぶっきらぼうにいう。

フレドはどうにか笑いをこらえた。ホマー・ビスロウは正統派のスウィンガーだといわれている。スウィング冠の本体はアイスホッケーのパックほどの大きさで、金属光沢のあるディスクだが、ホマーはそれに奇怪な飾りをつけていた。禿頭にカラフルな羽根が何本もぴんと立っている。金ラメモールの冠が頭上で震え、中世の王侯貴族を気取っているかのようだ。スウィンガーがこのような目だつ飾りをつけるために、このセンサー・ディスクは〝スウィング冠〟という通俗的な名前で呼ばれるようになった。さらに笑えるのは、ホマーの垂れた頬と、この王冠との落差である。どこかのショーから連れてこられたピエロのように見えるのだ。

「きみの助けがいるんだ、ホマー」と、フレド。「あいつらに追われている」

「だれなんだ……あいつらって？」

「夢の蛾だ」

「頭がおかしくなったんだな」

「うちの玄関でポター・マクファーソンがのびている」フレドは真剣にいった。「わたしをかたづけにきたんだ」

ホマーはかぶりを振った。金ラメの王冠と羽根が揺れる。

「よくわからないが、きみがそういうんなら、そうなんだろう。わたしになにができる？」

「わたしが姿を消すことを、だれかに知っておいてもらいたかったんだ。この危険な場所をはなれようと思う」

「どうするつもりだ？」

「くわしいことは知らないほうがいい、ホマー。尋問されるかもしれないから」

「それはまた」ホマーのふっくらとした顔が曇る。「だがそれなら、わたしはなにを……」

「どうなるのか、まだわからないんだ。わたしがどこにいるのか知らせるかもしれないし、なにか用事をたのむかもしれない。そんな感じだ。いいかな？」

ホマーは、徐々にこの状況に乗り気になってきたようだ。八年前に妻と結婚契約を解消してから、わくわくするようなことはなかったのだから。冒険に血が騒いでいる。

「わかった」と、ホマー。「わたしはほとんど家にいるから。連絡のとり方はわかっているよな」

「ありがとう、ホマー」フレドは安堵の息をついた。

一分後、出発する直前に思いだした。ここ数週間で特別な存在になった人が、ひとりいることを。エギン・ラングフォード。宇宙ハンザ所属の女科学者である。フレドが偶然に出会ったとき、エギンは同僚ふたりとテクノ衛星を追っている最中だった。フレドが未知物体の捕獲法について決定的なアドヴァイスをして以来、ふたりは何度も協力してことにあたり、ロマンスと無縁ではない関係になっている。すくなくともフレドはそう表現するだろう……エギンに夢中だと認めるかわりに。

問題は、エギンが免疫保持者ではないということ。ラダカムで連絡をとれば、夢の蛾に介入されてヒュプノ・トランスにおちいるかもしれない。べつの方法で伝えなければ。フレドは自宅コンピュータにラジオカムのメッセージを口述した。〝かならず印刷してとどけること！〟と、つけくわえて。

メッセージにはこう告げた。

「逃走中だ。だれのことかは、きみならわかるだろう。できるだけ早く、同じ方法で連絡してほしい」

＊

夢の蛾の侵攻は、NGZ四二八年のクリスマスイヴにはじまった。《マシン》船の一団、つまり技術エレメントの巨大宇宙船部隊が、太陽系に接近したのである。自由テラナー連盟の防衛艦隊とGAVÖKの支援部隊が、太陽系をかこむヴィールス・インペリウムのリングの外側で敵と対峙《たいじ》し、砲撃を浴びせた。《マシン》はこれといった反撃をせず、集中砲火を受けて爆発。テラナーが《マシン・ホワイト》と呼んだ最後の宇宙船にいくつもの砲撃が同時に命中し、船体が消滅したとき、奇妙な現象が起きた。爆発する宇宙船がノヴァ化したように見え、フィクティヴ転送機の作動時に似たエネルギーを放出したのである。

《マシン・ホワイト》船内には技術エレメントのからだ、つまり、アンテナをそなえた卵形の物体が何十億もあった。その一体一体の内部では、カラフルな栄養液中にアニン・アンの生体脳物質が浮遊していた。フィクティヴ転送機の作動を示唆《しさ》するエネルギー放射がなにを意味していたのかも、判明した。《マシン・ホワイト》が爆発した瞬間、テラ上空では無数のテクノ衛星の大群が、さらに太陽系のほかの居住惑星では小群が、物質化したのである。

ＬＦＴとＧＡＶÖＫは敵の計略にはまったということ。《マシン・ホワイト》を破壊することで、夢の蛾をテラに到達させるエネルギーを解放してしまったのだ。エレメントの十戒が防衛艦隊にしかけた、完璧な罠であった。

地球は大混乱におちいった。夢の蛾の侵攻がなにを意味するのか、だれにもわからない。通信障害が起き、コンピュータは攪乱《かくらん》された。交通があちこちで遮断され、ネーサンの気象コントロールが阻害される地域も発生した。だが、カタストロフィは起きていない。テクノ衛星の専門家としてテラニアに呼ばれたフレド・ゴファーの見解は、この侵攻はテラの通信システムをくわしく調べて乗っとるための計略である、というものであった。

やがて不幸な事故が起きた。テラ側は一体の夢の蛾をだまして方向転換させ、確保することに成功したが、そのさい使われた放送には、よりによって〝テラのマルチ通信網におけるデータ中継の原理について〟というプログラムがあらかじめ入っていたのである。これにより、一夜にしてカタストロフィが生じた。テクノ衛星はわずか数日で地球の通信ネットワークを支配し、周波帯を問わず、あらゆる人気番組に介入できるようになったのである。独自の番組をつくることにさえ成功した。夢の蛾の模倣のしかたはきわめて巧妙で、一般の視聴者にはオリジナルとの見わけがつかぬほどだった。だがその番組には、人間を催眠性の硬直状態におとしいれるプシオン性インパルスが挿入されていたのである。この〝ヒュプノ・トランス〟に見舞われた者は、なんの変化もなく日々の流れをこなしていると思いこんでいても、実際にはトランス状態に引きずりこまれた場所でかたまってしまう。動くのは原始的な生理的欲求を満たす場合のみであった。

いまや、人類の九十六パーセントがヒュプノ・トランスにおちいっていた。免疫保持者はごくわずかだ。細胞活性装置保持者、ミュータント、そしてスウィンガーだけが卑劣な作用に抵抗していた。そのほかにぶじなのは、広報車が知らせた警告を真剣に受けとめ、いっさいのメディア視聴をやめた数十万人の一般市民である。テラの経済は麻痺し、宇宙航行も停止した。わずかな免疫保持者が、テラニアやほかの場所で、侵攻に勝利する方法を懸命に模索している。侵攻の目的は不明のままだ。ヒュプノ・トランス状態の者は、命に別状があるわけではないが、長期化すれば意識にヒュプノ性の後遺症がのこる可能性があった。夢の蛾がこの呪縛を長期的に維持するつもりなのかどうかも、まだ判明していない。

テラニアでの会議中、ある考えが徐々にかたちをとりはじめ、フレド・ゴファーはそれを周囲に伝えた。夢の蛾の侵攻の目的は、クロノフォシル・テラ活性化の阻止であるというものだ。無限アルマダは〝トリイクル9〟を本来の位置にもどすべく航行していて、テラはきわめて重要な通過点のひとつである。無限アルマダの通過によって、テラでメンタル成分が活性化されることになるのだから。それは、人類を統一し、銀河系種族の調和を主導する勢力のひとつとなることに貢献した、過去の世代のメンタル成分であった。ペリー・ローダンはテラで、何百年ものあいだ保管されてきた自分のメンタル成分を、ふたたびとりこまなければならないのだ。

眠れる人間ばかりの地球ではクロノフォシルになれないと、フレドは主張した。おそらく、それがエレメントの十戒の狙いなのだ。無限アルマダの長い道程におけるもっとも重要な通過点が価値を失い、フロストルービンの帰還が遅れてしまえば、エレメントの十戒の力の源泉であるネガスフィアの勢力がはびこることになる。

フレドの推測を裏づける証拠はなかったが、コンピュータは、八十六から九十九パーセントの確率でフレドが正しいと算出した。そこで《バジス》に情報が伝えられる。免疫保持者の小グループがハンザ司令部で交替しながら作業をつづけ、指揮船とペリー・ローダンに報告をあげたのである。交信を仲介したのはネーサンだ。これまでのところ、夢の蛾がこの通信形態に介入しようとした形跡は見られていない。これについてもフレドには考えがあった。十戒の指揮エレメントのカッツェンカットは、ローダンがまもなくテラにくるとわかっている。数日後には手のとどく場所にあらわれる者を、なぜ何万光年もの距離をこえて追わなければならない?

ハンザ司令部と自由テラナー連盟の中央政府は、《バジス》との交信から夢の蛾危機への対処法について情報が得られることを期待していた。あの指揮船には、コスモクラートのタウレクがいる。エレメントの十戒の画策について有効な助言のできる者がいるとすれば、それはタウレクだろう。だが、《バジス》からアドヴァイスを得ることはできなかった。

物質の泉の彼岸に住まう勢力のもうひとりの代表者、ヴィシュナは、地球にいるとはいえ、彼女がその気にならなければ話すことはできない。

こうして地球は一時停止状態になっている。どうなるのか、だれにもわからない。無限アルマダの到着は迫る。だが、住民がヒュプノ・トランスで凍りついているクロノフォシルに飛来して、なにが得られるというのだろうか?

まだ思考のできる者のうち、何人かが〝警告者〟の言葉を思いだした。予言のように漠然と語られてはいたが、あの言葉をその後の出来ごとと照らしあわせてみれば、ここ二週間のことのしだいをある程度、正確に予想できていたかもしれない。

不運だったのは、警告者がカッツェンカットではないと判明してから、だれもその言葉に耳を貸さなかったことだ。凶報は最後まで聞かれぬまま、むなしく響いたのみであった。

こうしてNGZ四二九年一月十四日には、夢の蛾の脅威に立ち向かえるのはフレド・

ゴファーと、テラニアで悪戦苦闘するわずかな者たちしか、のこされていなかったのである。

＊

フレドは急がなかった。1＝1＝ナノルには人間を追跡した経験がない。ポター・マクファーソンで失敗してから、戦略を練りなおしているはずだ。午後にならないうちにあらたな攻撃がくるとは思えなかった。

野原を横切り、ラグ・マウンテンに向かった。標高千メートルをわずかにこえるほどの、このあたりでは低い山だが、自然の森にかこまれていて外からは見通しが悪い。そしてなによりもフレドには土地勘があった。とはいえ、敵に気づかれずに逃げられるなどという幻想をいだくわけにはいかなかった。高性能グライダーは、エネルギー性散乱インパルスをはっきりとのこす。それはアニン・アンも知っているはずだ。電磁放射やハイパーエネルギー放射といった一連のインパルスにふくまれる情報の分析は、専門家ならば最重視するもの。

けわしく深い峡谷の東側斜面に一軒の山小屋がある。フレドが数年前に建てたものだ。

夜明けごろ、フレドは運んできた装置を山小屋の内側や谷のはしに設置した。巧みに作業を進める。かれをはじめて見た者なら、谷のけわしい岩壁をすばやく登るさまに目をみはることだろう。フレドは、かかしと呼ぶにふさわしい体格をしていた。服装は質素で野暮ったい。カフタンのようなものを着ているが、その色はライトグレイなのかベージュなのか、それとも白かったのが長いあいだ洗わずに変色したのか、判然としない。身長は百九十二センチメートルだが、ひどくやせていて、はげしく動けばふたつに折れるのではと、心配になるほどだった。長い腕とスコップのように大きな手が、やせたからだの両わきでぶらぶらと揺れ、歩くときにはまねしようのないほど足をほうりだすため、いっしょにいる者に笑われる。頭はひどく細長く、奇妙に角ばっていた。高い額にぼさぼさの髪がかかり、その色はだれも見たことがないほどの黄色。頭頂部は直径八センチメートルほど円形に剃ってトンスラにしてある。そこにスウィング冠をのせるのだ。

フレドをはじめて見る者は、かれのことを現実逃避中のおろか者だと思うことだろう。グレイの回廊とヴィーロトロン結合のことがあって以降、地球にはそのような者が大勢いる。だが、かれの才気あふれる鮮やかなブルーの目を見れば、この男には外見以上のなにかがかくれていると、わかるというもの。

装置の設置がすむと、フレドは時間をかけてグライダーの設定をした。これからの作戦では、この機体が重要な役割をはたすことになっている。これで敵の目をくらまそうというのだ。最後に宇宙服を着用する。これにはおおいに役だつ装備がいくつかあった。宇宙服のマイクロコンピュータ・システムが山小屋内外の装置とスムーズにやりとりすることを確認。かれが要求した内容は、球形ヘルメットの内側、苦もなく読みとれる位置に表示される。

準備が終わると、遠隔操作でグライダーを始動させた。機体はすんなりと浮上し、谷の深い切り通しの上を飛んでいく。フレドは、ここまでやってきたルート沿いにグライダーを北へ数キロメートル飛ばした。そのあいだに宇宙服のグラヴォ・パックを作動させ、ラグ・マウンテンの斜面沿いに上昇すると、ちいさな岩棚を見つける。そこには人の背丈よりも大きな岩がいくつかあり、充分にかくれられるのだ。孤独を感じた夏の早朝、ここに何度となくすわっては、日が昇るのを待っていたもの。

グラヴォ・パックをオフにしたのち、グライダーを山小屋のそばにもどした。グライダーの重厚なエンジン放射が、重力エンジンのちいさな放射を隠蔽《いんぺい》するように願う。1=1=ナノルがこちらの動きを監視しているのなら、フレドは山小屋にもどったものと考えるはず。

まもなく午前十一時だ。あとは、待つのみ。

＊

フレドは宇宙服を着用する前にスウィング冠を頭につけておいた。リモコンはいつものようにカフタンの襞《ひだ》のあいだにくっつけてある。音声で指示を出し、周波をラジオカムに合わせた。これは通常、あまり距離のない機体間での通信に使われるものだ。

十五時になった。一月の昼間にしては、太陽は上機嫌だ。だが、あれほど入念に準備をととのえたというのに、だいじなものを忘れていた。糧食である。腹が減ったし、喉も渇いた。万一となれば、宇宙服が最低限必要なものを供給できるが、フレドは注入型濃縮栄養剤も合成水分補給剤も嫌悪していた。しばらくのあいだなら、腹をすかし、喉が渇いたままでいるほうがましというもの。

ラジオカムから突然、音声が聞こえ、フレドはぎょっとした。

「マディソン・ギャップだ」と、雑音のなかからだれかがいった。「あの上のどこかに、かれの山小屋がある」

「知ってるさ」べつのだれかが応じる。「連れていってもらったことがあるから」

「全員、ついてきているか？」と、最初の声がたずねた。

マディソン・ギャップに向かっているグライダーは、合わせて五機。マディソン・ギャップはけわしい谷で、その東端にフレドの山小屋があった。あの声には聞きおぼえがあるが、ふだんとは話しぶりが違う。かれらはほんのすこし前まで、友だったのだが。

フレドはリモコンの出力をあげた。みじかい会話を聞いていると、四人以上は乗れない安物の多目的小型グライダーのなかまで見えるような気がした。ハーヴ・ニューマン、ウィリー・ストラッター、ロングウェイ・ジョーンズ、フロド・バギンズ……それからもう十数人ほど。全員知っているが、ようすがまるで違っていた。無表情で、目は死んでいる。1＝1＝ナノルにすっかりコントロールされて。

フレドは懸命に装置を起動させはじめた。マイクロコンピュータ・システムが音声指示にしたがったので、大幅に時間を節約できる。接近するグライダー周辺の散乱放射を調べると、ハイパーエネルギー・インパルスの活動が見られる高周波域で数値が極端に低いことが判明した。それぞれのグライダーの体積から差分を算出したが、その影響はない。放出よりも流入のほうが多いのだ。高周波ハイパーエネルギーはプシオン放射と同一。つまりこれが、1＝1＝ナノルが人間をロボットとして操っている信号なのだ！グライダーの機体間に見られる振幅の差を手がかりに、発信者がグライダーから遠くない場所にいると容易に算出できた。とにかくこれまでで最大級の発見だ。技術エレメントが駒にした者を操るには、近くにいる必要があるのだろう。振幅の差異から、二キロメートルもはなれていないと判断できる。

はるか下の谷の湾曲部から、五機のグライダーがあらわれた。ハーヴ・ニューマンの真っ赤な機体を先頭に、楔《くさび》型フォーメーションを組んでいる。山小屋の上で静止した。数分後には、フレドの準備が功を奏したのかどうか、はっきりするだろう。

「気をつけろ！」ハーヴが感情のない声で警告する。「きみたちは空中にいろ。わたしひとりで着陸する。フレドは身を守ろうとするかもしれん。マクファーソンが家にきて、追われていると気がついたはずだ」

グライダーが山小屋西側の上空に集まるのを見て、フレドは満足した。同じ方向からハーヴのけばけばしい塗装の機体も山小屋に接近している。フレドは自分のグライダーを山小屋の向こう側、つまり東側に駐機していた。ほんの一部であれ、敵はあの機体を目にするはずだ。これで計画した芝居の真実味が増すというもの。

ハーヴ・ニューマンの小型グライダーが山小屋のすぐ下の斜面に着陸した。ハーヴは自分で仕事を引き受け、味方の安全を第一に考えている。1＝1＝ナノルはハーヴをリーダー役にしたのだろう。グライダーのハッチが上に開いて、重ブラスターをかかえたハーヴがあらわれる。さしあたり、味方には後方にひかえていろと命じたようだ。自動制御装置を作動させるなら、いまだとフレドは思った。どんなことがあろうと、山小屋が無人だとハーヴに気づかせてはならない。

「二発、射撃」フレドはマイクロコンピュータにいった。

たったいまハーヴが降りたグライダーに向かって、山小屋の窓から、分子破壊銃のおや指ほども太いグリーンのビームがはなたれた。ハーヴが地面に身を投げる。その数メートルわきを分子破壊銃のビームがうなりをあげてはしり、グライダーの上部をかすめた。ハーヴはブラスターを発射。あわてたために山小屋の幅半分ほどわきにはずしたものの、自分は危険ではなく、狙われているのはグライダーだけだと悟ったようだ。ビームがハーヴをかすめたのは偶然だった。フレドは銃口の向きを適当に設定したにすぎない。ハーヴやほかのだれかを負傷させる可能性がすこしでもあると考えたら、二度めの射撃は中止していただろう。

とにかく、ハーヴは急いで立ちあがって横へ身を投げ、もんどり打つと、身をかがめてグライダーへと走った。なにかを叫んでいるが、遠すぎてフレドには聞きとれない。ほかのだれかがグライダーを操縦しているらしく、ハーヴの脚が開いたハッチからはみだしたまま、機体が上昇した。損傷はコクピットの上部が消えたのみである。

フレドは計画の第二段階を開始した。山小屋の裏に駐機していた高性能グライダーに、スタートの指示を出す。機体は浮上してしばらく地面のそばを飛行したのち、急上昇した。ハーヴの一味は山小屋から思わぬ反撃を受けて混乱したようだ。数秒後、ハーヴがラジオカムで叫ぶ声が聞こえた。

「逃げられた。急げ、追うんだ！」

「だめだろうな」ロングウェイ・ジョーンズが低くいった。「もう逃げちまった」

「口ごたえをするな！」ハーヴがどなる。フレドは、高周波ハイパーインパルスの強度がグライダー五機の周辺で急激に上昇するさまを観察した。１＝１＝ナノルが服従を強いたのだ。

フレドのグライダーは谷沿いに北へと飛んだ。追っ手があとにつづく。自分たちのものよりもはるかに馬力があって機敏な機体には追いつけないと、わかっているはずだが、かれらは理性が麻痺していた。アニン・アンが出すプシオン性の指令にしたがっているから。

あとはグライダーにまかせておけばいい。オートパイロットはテネシー州との州境を高速でこえるようにプログラミングしてある。それから南西に方向転換して、クリングマンズ・ドーム付近の大自然で追っ手を振りきり、敵がいなくなりしだい、マディソン・ギャップにもどる手はずだ。失敗の恐れはない。高性能グライダーは計画どおりに姿を消し、追っ手には、標的がテネシーの山中に墜落したと思わせるのだ。

フレドは、かくれ場でできるだけのんびりすごすことにした。グライダーがもどるまで、すくなくとも一時間半はかかるだろう。だがそのとき、ふたつのことが同時に起きる。宇宙服に固定していた探知機のひとつが高いちいさな音を発した。そして、視界のすみ……谷のはるか下で、金属めいたものが光ったのだ。

ヘルメット・ヴァイザー内側の画面にデータが表示された。探知機は見慣れない種類のエネルギー放射をとらえている。フレドは分析をはじめた。あらわれた数字と図形はめちゃくちゃで、一見したところでは意味がわからない。だが、それにかまけていたのはほんの一瞬だ。谷の下で光った金属物体のほうが、はるかに気になったから。

よく見えるようにフレドは身を乗りだした。勘違いではない。谷の東斜面で、かたむく日ざしのなかに浮遊する、アンテナが七本ある卵形物体が見える。

夢の蛾が、一体。

1＝1＝ナノルだ。

＊

フレド・ゴファーは身動きひとつしなかった。アニン・アンがこちらを探知できるはずはない。宇宙服の装置は、探知機やセンサーしか作動していないうえ、出力はごくわずかである。一体だけで谷にのこって、1＝1＝ナノルはなにをするつもりなのだろうか。センサーが明瞭に記録した謎の放射には、どのような意味が？

アニン・アンはフレドのトリックを予測していたのかもしれない。グライダーは遠隔操作でも飛ばせると知っているのだから。フレドが追っ手をおびきだすべくグライダーをスタートさせ、本人は山小屋にとどまっているのでは、と、疑念を持ったのだ。

金属の卵は、陽光に照らされた谷の斜面に沿ってごく慎重に上昇した。夢の蛾は壊れやすい。それは、エギン・ラングフォードとその同僚が罠にかけた一体で思い知らされている。1＝1＝ナノルは、ハーヴ・ニューマンのグライダーが山小屋から狙撃されるさまを遠くから見ていたはずだ。フレドが実際に山小屋にいるのであれば、自分も銃撃を受けることを計算に入れておかなければならないと考えたのだろう。わずかのあいだ、実際に撃とうかとフレドも考えた。山小屋の窓に設置した銃は銃口の向きを変えることができる。1＝1＝ナノルを熱烈に歓迎してやれるだろう。

だが、やめておいた。金属の卵には生体意識がある。異質なメンタリティをそなえ、独特な論理で思考しているとはいえ、意思疎通も試みずに未知生物を抹殺する権利など、フレドにはない。1＝1＝ナノルを捕まえて、話をするつもりだった。

フレドはアニン・アンの飛行に見とれていた。光る卵は、岩がちな斜面の麓まで上昇。あと数メートルで山小屋の窓に設置した銃の射程に入るというところで突然、急上昇する。宙返りをすると、空中アクロバットの名手も感嘆するほどの跳躍を屋根の上方で披露し、高速でめちゃくちゃに動いた。フレドが撃つつもりでいたなら大変だったことだろう。

まる一分、アニン・アンは山小屋のまわりで踊っていた。それで好奇心を満足させたようだ。自分の疑念には根拠がなかったと納得したのか、最後に一度大きな宙返りをすると、谷をおりていった。やがて谷西方の湾曲部に姿を消し、高速で移動する。五機のグライダーに追いつこうと急いでいるのだ。これもまた、あらたな証拠といえるだろう。駒にした人間を操るには、近くにいる必要があるということ。

このあいだにフレドは、センサーが記録したデータを呼びだした。まずわかったのは、この超高周波の未知放射がハイパーエネルギーのスペクトル領域にあることだ。つまり、純粋なプシオン放射である。次に突きとめたのは、一連のインパルスが何度も中断されたこと、そして、放射の振幅が1＝1＝ナノルのどの位置とも対応しないことだ。フレドは、放射の強度はアニン・アンとセンサーとの距離に応じて変化すると予想していた。ハイパーエネルギー現象ではごくわずかにしかあらわれない作用だが、検出はできるはず。

しかし、変化は見られない。放射の振幅は中間で一定している。しばらくは理解できなかった。だが、稲妻のようにひらめいた。センサーが記録したのは、1＝1＝ナノルから発せられた放射ではない。1＝1＝ナノルに〝向けられた〟ものだったのだ！　プシオン性のスペクトル領域に周波があれば、アニン・アンに命令を伝えているチャンネルをかんたんに追うことができる。もしかしたら、指揮エレメント、カッツェンカットに直接つながるかもしれない。

フレドは興奮していた。思わぬ発見から解決策を導きだそうと、データを何度も再生する。だが、宇宙服の装備の性能はかぎられていて、あらたな知見は得られなかった。複雑な分析装置を使えるときがくるまで、待たなければ。

顔をあげる。太陽はラグ・マウンテンのまるい山なみの向こうに消えようとしていた。寒い。腹が減ったし、喉も渇いている。だが、心のなかは重大な発見をしたという確信で熱く燃えあがっていた。

2

ゼロ夢では、身体的には硬直状態となる。意識がからだからはなれ、脳の物質的な限界下にあっては不可能なほどすばやく移動することができる。ゼロ夢をみる能力は、サーレンゴルト人種族が無数の世代をへて進化させ、洗練させ、保持してきたもの。だがゼロ夢の名手は、まぎれもなくカッツェンカットであった。その能力ゆえに、エレメントの支配者によって十戒の司令官、つまり指揮エレメントに任ぜられたのである。

カッツェンカットは指揮官として、ほかのエレメントにはない特権を享受していた。たとえばかれは、十戒の最後の拠点である〝貯蔵基地〟を……そこにエレメントの支配者も隠遁している……ときおり訪れたさいに、細胞再生治療を受けることができる。サーレンゴルト人の寿命よりもはるかに長くからだの若さと健康をたもつことによって、愛する作業、つまりゼロ夢に身をささげられるのである。エレメントの支配者の温情を受けられるかぎり。

だがここのところ、この温情には満足に応えられていない。カッツェンカットの任務は、トリイクル9という名で知られる宇宙のモラルコードの遺伝子断片が、本来の位置に帰還するのを阻止すること。そのために無限アルマダやGAVÖKの戦力と対峙したのだが、次から次へと敗北した。エレメントの支配者のもとへ行くたびに気が重くなっていく。支配者は不満をかくそうともしない。カッツェンカットは指揮エレメントの地位を失う寸前であった。

しかし、いまの状況は期待が持てる。もっとも危険な敵、テラの人類が、ヒュプノ・トランス状態にあるから。クロノフォシル・テラは徐々に崩壊していくだろう。だが、一時的な状況に安心することはできない。ガタスでもそうだったのだ。ブルー族の主星が無限アルマダの目的地としての価値を失うと確信したそのとき、チョルトで騒ぎが起き、ガタスから戦力を撤退させるはめになった。そのあいだにテラナーは、当時まで十戒の大部分を占めていた〝冷たい群れ〟もろとも、チョルトをマイナス世界へとうつすことに成功したのである。

ゼロ夢見者は教訓を得た。テラの状況がバラ色に見えるときにこそ、不測の事態にそなえなければならない。エレメントの支配者は、今回の作戦が不首尾に終わった場合、最後の手段を投入してその過失を埋めあわせるチャンスをくれた。だが、カッツェンカットはその手段を使うべきかどうか迷っていた。そこで、作戦失敗にそなえて逃げ道を確保しようとしている。

ゼロ夢には、標準宇宙からの距離に応じて区分されるいくつものレベルがあった。この標準宇宙では、カッツェンカットはエレメントの支配者の指示のもとに動く。エレメントの十戒の部隊を指揮するさいには、さらに上のレベル、すなわち現実の〝隣り〟にいる。これは周囲の現実に惑わされないようにするためだ。だが時間のあるときには、無意識や潜在意識と呼ばれる下のレベルへと夢を導く。そこでは標準宇宙の現実とのつながりがほとんどない。このレベルのなかに、カッツェンカットは夢のパラダイス惑星をつくりはじめたのだ。エレメントの支配者の温情を受けられなくなれば、そこに逃げこむつもりでいる。不死を失ったなら、そこでできるだけのんびりと余生を……短命なテラナー種族の時間換算でいえば数千年……すごしたいと考えて。

だが、最近になってわかってきた。それほどすばらしい世界でひとり孤独に暮らすのは、思っていたほど心地よくはなさそうだと。

そこで、あらたな計画を思いついた。クロノフォシル・テラの活性化が失敗に終わったのち、ヒュプノ・トランス状態のテラナーは不要になる。アニン・アンが去ったあと、人類は時とともにわれに返り、だまされ利用されたと知って愕然とするだろう。それがはじめからの計画だったが、そうなるにまかせておくことはない。目の前にどれほどの可能性が開けていることか！　未来の奴隷が何十億といるのだ。パラダイス惑星に送りこみ、自分がくるまで待たせておけばいい。そのうちに役にたつようになるだろう。それなりの仕事をあたえ、思想を吹きこもう。反逆などするものか。結局、わたしの被造物なのだから。このわたしが、ゼロ夢の最下層から連れだしてやるのだから。

最初は、ばかばかしくて実行できるはずはないと思っていた。だが、現状を間違った角度から見ていたことに気がつく。いまいるこの世界の論理で判断していたのだ。最初にこの考えが浮かんだのは、いちばん高い夢レベルにいるときだったから。だが人類の奴隷化と移住は、いちばん低い夢レベルでおこなわれる。そこではべつの原理が支配するので、すべてが容易に進められるはず。

希望に胸をふくらませ、カッツェンカットは自分の宇宙船《理性の優位》の船載コンピュータと話をはじめた。

「実行はできるでしょうが」すこし考えてからコンピュータは応じた。「問題は、エレメントの支配者がそれを認めるかどうかです」

「この計画が実現するころには、エレメントの支配者はわたしのことなど忘れている」と、カッツェンカット。「とっくに見はなされているだろう」

「見はなされるかどうかはっきりする前に、準備をしておくべきです。あなたひとりでこの計画を実行するのは無理というもの。アニン・アンの協力が不可欠です。テラナーを適切に調整できるのは、かれらだけですから。しかし、あなたが技術エレメントを目的外に利用した場合、エレメントの支配者はなんというでしょうね？」

「おまえはだれの味方なのだ?」ゼロ夢見者はたずねた。

「コンピュータにそのようなことをたずねても、意味はありません。しかし、わたしをつくったのはあなたです。いつでもわたしを消滅させられる。そうお話しすれば、わたしの立場はおわかりでしょう。そして、わたしは自分が存在することにある種の知的なよろこびを見いだしています。わたしの忠誠心は、この認識と原則にもとづいているのです」

「それで充分だ」と、カッツェンカット。「つまり、助けてくれるのか?」

「あなたがわたしを消滅させないかぎり」と、コンピュータは応じた。

それ以来、カッツェンカットは人類をゼロ夢の領域に移住させる計画を綿密に練っているのだった。

*

暗闇からかすかな声がした。

「だれだ?」

ペリー・ローダンは一歩前に出る。タウレクの衣服に特徴的な、かすかなささやきが聞こえた。

「ああ、わかった……コスモクラートどのか」闇のなかで軽口めかして、「どういった

「ご用件でしょうか?」

「きみの計画を聞いてね。話があってきた」

闇のまんなかにあらわれた黄色い明かりがひろがり、華奢な椅子が浮かびあがってきた。そこにゆったりとすわっているのは、背の高いテラナーだ。一見くつろいでいるそ
の姿を、タウレクは心配そうに見つめた。ここ数週間で消耗し、やせて頬もこけたよう
だ。

明かりはいまや、快適にしつらえられたキャビンを満たしていた。

「だれがここに入らせた？」ペリー・ローダンはたずねた。

「監視ロボットだ」コスモクラートはほほえむ。「ロボットのあしらい方は心得てい
る」

「そうだろうな。わたしの計画の、なにが気にいらないと？」

タウレクは、キャビンの主人にうながされずとも意に介さなかった。椅子を見つけて
そこにすわる。

「エレメントの支配者は、テラをめぐる戦いに最後の予備軍を投入した。地球の現状は
きみも知っているだろう。人類はトランス状態におちいっている。カッツェンカットが
なにを待っているのか、予想できるはず」

「わたしを待っている」ローダンは冷静に、こともなげに答えた。「しかし、わたしは

免疫保持者だ。細胞活性装置保持者にはみな、免疫がある」

「いまのところはな」タウレクは奇妙ないい方をした。「ゼロ夢見者がどのようなトリックをしかけてくるのか、われわれにはわからないのだ」

「〝われわれには〟だと？」ローダンは微笑した。「わたしには当然わからない。だが、あなたはすべてわかっているように見えるがね。とはいえ、コスモクラートというのは不可解で……」

「きみが《バジス》で太陽系に向かえば、それだけで危機におちいるだろう」タウレクはきびしい顔で口をはさんだ。

「友よ」と、ローダン。「わたしは二時間前からこの闇のなかにすわって、頭をひねってきた。カッツェンカットと配下のエレメントに対して、なにができるのだろうと。良心に反することがあれば、あなたに胸の内を明かすわけにはいかないが。わたしはほぼ三年のあいだ、セト＝アポフィスを、フロストルービンを、無限アルマダを追ってきた。ほぼ三年のあいだ、地球を目にしていないのだ。ほぼ三年のあいだ、地球とその住民の繁栄について考えないときはなかった」

「きみは公職についているわけではない。たんなる一個人でないと考える義務はないはずだ」

「まつ毛ひとつ動かさずにそんなことをいうわけか。現実は、そうかんたんにはいかない。このなかには二千年以上の経験が詰まっている」そういってローダンは額に触れた。「この迷い恐れるグレイの脳細胞から、カッツェンカットやその手下を退治するアイデアをひとつかふたつ、ひねりだせるかもしれない。その可能性がある以上、わたしにはテラに対する責任があるのだ。一個人であろうとなかろうと。それに、この計画で起こりうる最悪のこととはなんだ？　カッツェンカットがわたしを捕らえることだろう。それと引きかえに人類がヒュプノ・トランスから解放されるのなら、大きな犠牲とはいえまい」

「ナンセンス」タウレクはいった。「カッツェンカットの目的はクロノフォシル・テラ活性化の阻止だ。きみを捕らえたというだけで、テラナーをトランス状態から解放したりはしないだろう」

「そうかもしれない。だが、わたしはリスクをとるしかない。《バジス》は唯一、ネーサンが作成した航行プランにしたがう必要のない宇宙船だ。だからこそわたしは《バジス》でテラに向かうことにした」

コスモクラートは顔をあげて、光学センサーに目を合わせると、船載コンピュータ・システムとコンタクトをとった。

「周囲のパノラマ映像を出してくれ。周囲一光年以内の探知可能な飛行物体をすべて表示せよ」

「ただちに」コンピュータが人間のような熱意をこめて返答した。

二秒後に映像があらわれた。三次元映像がキャビンの中央、ふたりのあいだに浮かぶ。照明が自動的に暗くなった。

《バジス》は故郷銀河のペルセウス渦状肢とはくちょう座渦状肢のあいだの、ほぼ星のない宙域にいた。映像の大部分を占める帯は乳白色の明るさをたたえ、いくつもの黒い雲が筋状に入っている。五千光年以上はなれたはくちょう座渦状肢の、一億におよぶ恒星だ。映像になにかが入ってきた。円盤状の物体である。あまりにもかたちがととのっていて、自然のものではありえない。それが目に見えるのは、みずから光を発しているためではなく、探知装置のインパルスをコンピュータが可視化処理し、黄緑色にぼんやりと光る映像をつくりだしているからだ。このホログラムには遠近感がない。予備知識のない者には、この黄緑色の物体までどれほどの距離があるのか判断できないだろう。大きさもわからないはずだ。だがなぜか、この円盤は非常に巨大だという印象をあたえる。

「ローランドレか」ローダンは驚いた。「なぜこれを見せる？」

「ローランドレもまた、ネーサンの航行プランにしたがう必要がない」タウレクはきびしい口調で、「自由に使ってくれ。アルマダ王子と話しあうだけでいい」

「わたしがローランドレで……」

「……テラに向けて出発する。そういうことだ。《バジス》だけではカッツェンカットを威圧できない。ローランドレが目の前にあらわれれば、向こうも危険が迫っていると感じるかもしれない」

ペリー・ローダンは驚きを克服した。けげんな顔でコスモクラートを見る。

「すばらしいアイデアだ。だがなぜか、あなたは半分しか理由を口にしていないような気がするのだが？」

だしぬけにタウレクは立ちあがり、憤然といった。

「それは、きみが不信感を胸に生まれてきたからだ。わたしの助言にしたがわないなら、きみの栄光の日々も終わりだな」

コスモクラートはキャビンの出入口に向かった。ささやき服が神秘的につぶやくような音をたてる。ドアが自動的に開き、一秒後にタウレクは姿を消した。

＊

「臨時ニュースだよ！」ラファエル・ドンが『マーシェ・ヒロイック』のラヴォストばりの堂々たる調子で歌う。「視聴をつづけるんだ、もっとも偉大なメディア提供者のしもべたち。見よ、そして聞け、われらが巨匠の告げることを！」

《キッシュ》メディア・クルーの放送を楽しめる人間は、地球にはあまりのこっていなかった。すでに人類の九十八パーセント以上がヒュプノ・トランスにおちいっていたから。だが、メディア・テンダー《キッシュ》の放送は、ほかのところで視聴者の注目を集めていた。クローン・メイセンハートの番組は、だてにインターコスモで放送され、十八の主要な銀河系言語に同時通訳されているわけではない。

メディア視聴者のヴィデオ端末に、メイセンハート自身が登場した。ニュース・サーカスのリーダー道化《どうけ》師は、小柄で恰幅がよく、襞のあるかすかに光る衣装を着て、カールした白髪まじりの髪を垂らしている。踊るようにカメラの前を行き来して、「メディア・フリークのみなさん、足から靴下を引っぺがすような話です！」と、甲高《かんだか》い声で叫ぶ。だが、視聴者が身を乗りだしたのは、いつもの悪趣味でなれなれしい話しぶりのせいではなく、話し手がひどく興奮したようすだからだ。「数百年来、このようなニュースが放送に乗せられたことはありません。無限アルマダが、まもなく太陽系に到着します……」

メイセンハートはみじかい間をおいた。視聴者が、ここ数カ月でも最大級のセンセーショナルなニュースを受けとめることができるように。

「われわれは、たしかな情報源からこの情報を入手しました。無限アルマダの巨大艦隊が、ソル＝アルファ・ケンタウリ＝シリウス宙域に最速で向かうよう命令を受けたというのです」クローン・メイセンハートのような男は、自分ひとりのことであっても〝われわれ〟という言葉を使う。この職業にはそれがつきものなのだ。「あと数時間もすれば、みなさんはテラや太陽系のほかの居住惑星の空が、一面の宇宙船で照らされるのを見ることに……」

＊

「この男は、こんな話をどこで聞きつけたんだろうな？」受信を切ると、レジナルド・ブルが憤然といった。

「メイセンハートほどの巧妙なメディア専門家になれば、まったく関係がないはずの話を聞きつける手段があるのでしょう」と、ガルブレイス・デイトン。

「それに、なんの害もないニュースですしね」ジュリアン・ティフラーがいいそえた。

「いや、むしろその反対か」

ブルはすぐに冷静になった。大きなヴィデオ画面に目をやる。そこにはハンザ司令部の中央玄関前の広場がうつしだされていた。ヴィールス柱が、ほのかに光るヴィーロチップの球体を頂上にいただき、一月の陽光にきらめいている。ロボットが封鎖線をつくるなか、その外側に大勢の無表情な人々が押しよせ、上方の真っ青な冬空には夢の蛾が数体、惰性のように旋回していた。年が明けてからの数日間で、ハンザ司令部は地下に測定室を設置し、首都周辺にいるテクノ衛星のエネルギー活動を監視している。測定室からは不定期に報告があがってきていた。それによれば、ハンザ司令部上空を旋回している夢の蛾が、押しよせた人々になんらかの影響をあたえている兆候はないという。これらの報告は、計測室の要員が録音装置に口述し、オフラインで伝えられた。測定室で作業にあたっているのは〝疑似〟免疫保持者である。かれらはあらゆる無線通信をペストのように避けることで、ヒュプノ・トランスをまぬがれているにすぎない。記録媒体を介していてはまにあわない急ぎのケースにそなえて、古めかしい有線の電話回線も敷設されていた。

レジナルド・ブルがいうところのドリーマー、つまりヒュプノ・トランスにおちいった人間たちは早朝から、はじめは小グループで、やがては大きな人波となり、ハンザ司令部前の広場にやってきていた。まともに話をすることはできない。かれらはただ、自分たちはヴィールス・インペリウムの助言を必要としているというばかりなのである。最初の来訪者たちは、規則どおりになんの妨げもなくヴィールス柱に入ることができた。だが、ドリーマーが広場を埋めつくしはじめたとき、ジュリアン・ティフラーはロボットを投入して、ヴィールス柱の〝これ以上の乱用〟を防ぐように指示を出した。何者がドリーマーたちをヴィールス柱に行くようしむけたのか、だれにもわからなかった。かれらはこれまで、家やアパートやマンションのなかですわりこみ、ほとんど動かなかったのだから。何者かが裏で糸を引いているにちがいない。ジュリアン・ティフラーは、カッツェンカットがヒュプノ指令を出してヴィールス柱を封鎖し、免疫のある人間が使えないようにしたのではないかと推測していた。

うわの空で意志を持たないドリーマーであれば、たやすく強制することができるだろう。ある者はヴィールス柱のコミュニケーション・アルコーヴから出てこようとしないため、引っ張りだすしかなかった。いまや無気力な人々が押しよせて、奇妙な根気強さでロボットの封鎖線の外側に立ち、なにかを待っている。だが、なにを？ かれらのほかには、だれにもわからなかった。

レジナルド・ブルが振りかえった。ガルブレイス・デイトンのシート後方の壁に設置されたヴィデオ・センサーに目をやる。

「ヴィシュナと話したときの記録をもう一度見たいんだが」と、ブル。「もちろん、最後に話したときのぶんだ」

大きなヴィデオ画面の映像がまたたいて消え、あらたな映像に切り替わった。ヴィシュナがあらわれる。どのような場所にいるのか判然としないが、彼女の姿だけは見わけられた。レジナルド・ブルの印象と異なってはいない……だが、一時間ほど前に目にした映像の単純な再生というわけでもなかった。

ヴィシュナがいまどこに滞在しているのか、だれにもわからなかった。妹と呼ぶ女たちとともにいる。ゲシールとスリマヴォだ。ヴィシュナはときおりハンザ司令部や自由テラナー連盟の政府本部に連絡をしてくるが、最近はかならずといっていいほど隣りにスリマヴォやゲシールの姿があった。それが今回はひとりであらわれたのだから、なにか特別な意味があるはず。

「伝えるべきことがふたつあるわ」ヴィシュナはひどくきびしい表情で話していた。ふだんどおりに。「わたしたちはある実験をした。一ドリーマーをマイクロ化処理し、ヴィールス大に縮小して、パースにあるヴィールス柱の先端のヴィーロチップに投入したの。そこの前衛騎兵が、ドリーマーが目ざめたと報告してきたわ。その人間は、ここ数週間の出来ごとに驚いているし、なにもおぼえていないけれど、そのほかはまったく正常だそうよ。

この実験の意味するところは明らかね。人間をヒュプノ・トランスから目ざめさせる方法があるということ。それには、ヴィーロトロン結合をふたたび形成する必要がある。手間のかかる処置だし、あなたがたの法律での同意なしに結合を実行できるのかどうか、わたしにはわからないけど」

「それは問題の一部にすぎない」うしろのほうからジュリアン・ティフラーの声がする。

「もうひとつの問題は、人類がヴィーロトロン結合されたら、テラはクロノフォシルになれないことだ。クロノフォシルは〝正常な〟存在形態の住民がいる地球でなければ」

ヴィシュナはうなずいた。

「あなたはそう判断すると思っていたわ。訊きたいのは、人類に手を貸してヒュプノ・トランスから解放したほうがいいのかどうかよ」

「再結合のような代償をはらってまでは……すくなくともいまは、危険な状態ではないのだから」と、ティフラー。「それに、あなたのいうとおり、そのような行為は法律上の深刻な問題を引き起こしかねない」

「わかったわ」ヴィシュナはいった。「もうひとつ伝えたかったのは、ヴィールス・インペリウムのこと。わたしに連絡して緊急警報を伝えてきたの。この宙域への無限アルマダの到着を遅らせるわけにはいかない、と。いったん停止した航行フェーズをただちに再開させなければ」

「なぜだ？」ここでレジナルド・ブルがたずねた。

ヴィシュナは無視した。問いなど発せられなかったかのように。

「事態は緊迫しているから、わたしから直接《バジス》に連絡する」彼女はつづける。

「広域周波で伝えるつもりよ」

映像が消え、ふたたびヴィールス柱のある広場の光景がうつった。レジナルド・ブルは背中で腕を組み、ゆっくりと振りかえる。きびしい表情をしていた。

「コスモクラートなんぞどうでもいい」と、うなるように、「いまいましいほど秘密だらけだ！」

　ヴィシュナとの会話は四十分ほど前に終わっていた。その後、デイトンが通信部と連絡をとった。《バジス》や銀河系船団の艦船とのあいだには特殊な連絡手段が構築され、通信部にはミュータントやスウィンガーが四時間シフトで詰めている。すべての送受信を仲介するのは、ルナのハイパーインポトロニクス、ネーサンだ。デイトンは、ヴィシュナから連絡があったかどうか《バジス》に問いあわせた。返答は簡潔そのものであった。

「連絡ありました。すでに向かっています」

　数分後、クローン・メイセンハートがセンセーショナルに騒ぎたてる放送がはじまった。〝韋駄天レポーター〟はヴィシュナが《バジス》に発した通信を聞きつけたのだ。ただの偶然か、この男の有名な勘が働いたのか、コスモクラートが使った周波を探りだすことに成功したのである。無限アルマダがまもなくソル・セクターに向かって出発し、遅くとも数日後にはソル＝アルファ・ケンタウリ＝シリウス宙域にあらわれることが、いまや銀河系じゅうに知れわたった。

　ただ、その最前線にいる地球住民だけは、なにも知らずにいた。ヒュプノ・トランス状態でまどろんでいるから。

「ほかにどんな準備ができる？」ブルが不機嫌にたずねた。

「なにも」と、ジュリアン・ティフラー。「これ以上は人員がいません。無限アルマダの歓迎は、どのようなかたちであれ、GAVÖK部隊にまかせましょう」

「もう数日、時間はありますから」ガルブレイス・デイトンがその場にひろがった悲観主義を追いはらおうとした。「防衛処置にまわせる人員や手段はすべて、夢の蛾対策の検討に集中させます」

レジナルド・ブルは、窓のように見える大ヴィデオ画面をいまいましげにさししめした。

「そろそろ、あれをどうにかしなければならん」と、低くいった。「こんなものを見ていたら、胸が張り裂けてしまう。こんなにぼんやりとした人間たちが、あとどれくらい生きていられるものなんだ？」

＊

女コスモクラートからの通信が、《バジス》司令室にいるペリー・ローダンのもとに転送された。三次元映像がかれの見やすい位置にあらわれる。ヴィシュナを目にして、ローダンは思わずゲシールを探した。このところコスモクラートはふたりの妹たちと姿を見せることが多かったから。だが、かれの視線はむなしくさまよった。今回、ヴィシュナはひとりだけである。

彼女はヴィールス・インペリウムのメッセージを伝え、こう要求した。

「無限アルマダには、できるだけ早くソル・セクターにあらわれてもらわなければ」

ペリー・ローダンの表情がかたくなった。

「われわれ、何週間もヴィールス・インペリウムに助言をもとめてきた」と、苦々しげにいう。「何週間もなんの返答もなく、無限アルマダのコースデータさえ手に入らなかったのだ。しかたなく、ネーサンが代役をつとめ……」

「ヴィールス・インペリウムから得たデータと、直感にもとづいてね」ヴィシュナが口をはさんだ。

「わたしだってそうだ」ローダンが腹だたしげに応じる。「ヴィールス・インペリウムに訊いても、どうとでもとれる答えしか返ってこない。それがいまになって任務があたえられたというわけか。われわれに、これまでのプランをすべてほうりだし、十億隻もの艦船とともに、できるだけ早くソル・セクターに向かえという。なにをそれほど急ぐことがあるのか、説明もヒントもなしに」

「理由はわかっているでしょう」コスモクラートはいらだちをにじませ、「地球がクロノフォシルとしての地位を失うかどうかの瀬戸ぎわなのよ」

「わたしがわかっていると？　いや、なにより、あなたはわかっているのか？　ただのテラナーにすぎないわたしは、またしてもコスモクラートの不可解な決定を突きつけられているというわけか？　その意味を説明しないのは、わたしの知性が原始的すぎて、理解できないからだというのか？」

ヴィシュナがきつい表情になる。

「メッセージは伝えたわ。わたしも背景は知らない。あなたも知ってのとおり、このところヴィールス・インペリウムは話をしようとしないの。この要請を受けるかどうかは、あなたしだいよ」

「ああ、そのことなら心配はいらない」ローダンはかすかな笑みを浮かべた。「コスモクラートやそのマシンから伝えられるものは、すべて肝に銘じるべきアドヴァイスなのだからな。わたしにできる範囲で無限アルマダを至急、ソル方面へ向かわせよう。ただ、わたしが望むのは……」

「あなたがなにを望むのか、わかっているわ」ヴィシュナはそっけなくさえぎった。

「とはいえ、ときにはかなえられない願いもある」

そこで接続は切れた。ローダンの隣りで司令コンソールを操作しながら話の一部を聞いていた《バジス》船長のウェイロン・ジャヴィアが、やや皮肉まじりの口調でいう。

「彼女が自分の地位を強調すると、じつに感じのいい女性に見えますな」

ローダンはかぶりを振り、かすかに笑みを浮かべた。

「コスモクラートも自分の役割を気にいっていないと思う。われわれと同じように」

そのほかにいうべきことはなかった。ローランドレの司令センターにいるアルマダ王子と通信をつなぐ。ナコールはただちに応じ、ローダンはついさっきヴィシュナとかわした話を聞かせた。

サドレイカル人の息子の大きな赤い目が、考えこむようにきらめいた。憂慮の色もある。

「かんたんな任務ではないな」やがて口を開いた。「だが、オルドバンのメンタル保管庫経由で各アルマダ部隊にその旨、指示を出すことはできる。要求してきたのがべつの者であれば、断るようにいうところだが、ヴィールス・インペリウムがなにを具現しているのかはわかっている。にせの情報を伝えたりはしないだろう」

ペリー・ローダンは安堵をかくそうともしなかった。

「出発の合図を出してくれるか？」と、たしかめる。

「合図を出そう」ローランドレのナコールは、真剣にいった。

3

〝史上最大のショー〟と、クローン・メイセンハートは名づけていた。太陽系の居住惑星にいる者たちが目にした光景は、どちらの見方を好むかによって、ふたとおりにわかれている。冷静な者、思慮深い者たちは、自分の目で直接見ようとした。地球や火星やタイタンの夜の側で空を見あげ、古い星々のあいだにあらたな星があらわれるさまを眺める。けっして圧倒的な出来ごとではなかった。こちらできらり、あちらできらり。どれほどあるのか判然としない。虚無から物質化する光点の充溢《じゅういつ》を、目でとらえるのはむずかしいから。あらたな星は古い星々とは明らかに違い、すべてが同じ色をしている。太陽の反射光の色だ。そして、動いている！　光の点が夜の蒼穹《そうきゅう》を高速で移動し、地平線に消えていくさまを、人々の目は驚きながら追った。すべてが同じ速さで動いているのではなく、速いものほど明るい。だがそうして光点が地平線へと向かうあいだに、光が最初にあらわれた位置にべつの光が出現して、また同じコースをたどるのである。それは無限につづく行進であった。驚いた人々は黙ったまま、疾駆する光点を見つめ、無限アルマダのとほうもない規模についての最初のイメージを、ひかえめではあっても思い描いたのだった。

それに対し、時代の先端をいくメディア視聴者はまったく違うものを見ていた。メディア・クルーたちは水を得た魚のようだ。最新テクノロジー装置を投入し、探知機を使って無限アルマダの全容を把握しようとする。コンピュータで探知シグナルをヴィジュアル化し、スペクトルの可視領域全体にわたるさまざまな色彩をつけ、息をのむ映像を魔法のごとくヴィデオ受信機に出現させた。星々は背景にさがり、前景では何億もの多彩な光点からなる巨大な雲が画面を埋めつくした。数分もたたぬうちに光のスペクタクルとなり、目を幻惑する。だがそれだけではない。音響効果が、この非凡な出来ごとに直接参加しているという感覚を視聴者にもたらしたのである。プシオン性シグナルのささやきが耳に入り、ハイパーカムごしに未知の言語を話す異質な声が聞こえる。この瞬間の意味を告げ知らせんと、ファンファーレが響く。さらに、自分が仕立てたショーに圧倒されて理路整然と話すことができないレポーターの、爆弾のような言葉が何度も聞こえてきた。

「見て、見てください、メディア・フリークのみなさん！」クローン・メイセンハートの声が虚空から響きわたる。「これほどファンタスティックなものを見たことがあるでしょうか！　まさに史上最大のショーであります！　われわれ、この表現をどれほど使ってきたことでしょう……しかし、これこそほんとうに……」

ヴィールス・インペリウムが太陽系の周囲につくった半径五十光時のリング状ヴェールが、光点の群れでかすんでいった。言葉にできぬことを言葉にしようとしたクローン・メイセンハートは、とうに絶句している。そこに、強烈としかいいようのないものが出現した。光の洪水の中心に、やわらかな金赤色に光る巨大な四角い平面が生じたのだ。撮影装置からどれほどの距離があるのか、だれにもわからない。見かけの大きさから正確な規模を予想するなど、不可能だった。レポーターは言葉を失っている。

すべての者が理解した。ローランドレが到着したのである。

だが、このショーを圧倒的なかたちで見ることができた地球住民は、ごくわずかであった。ドリーマーはなにも感知できないし、疑似免疫保持者は通信機器に近づこうとしない。メイセンハートやそのライヴァルの放送を視聴できたのは、スウィンガーだけだ。隔絶された場所で空を見あげた少数の人々は、まったくべつの光景を見ていた。かれらの前には、ヴィールス・インペリウムの霧のようなリングが変わることなく存在している。だがそのそばに、大きくなっていく光点がひとつ生じた。ぼんやりとして弱々しく、暗さに慣れた目でなければとらえることはできない。光が弱いのは、太陽からはるか遠くにあるからだ。光学や幾何学の知識が充分にある者は、すばやく頭のなかで概算し、戦慄をおぼえた。謎の天体がとほうもなく巨大だとわかったから。

だが、やがてかれらも、それがなんであるかを理解する。

ローランドレが、到着した。

謎めいた存在の無限アルマダが、はじめて地球上空にあらわれたのである。テラにとり、その出現は比類なき衝撃的な出来ごとで、人類史の揺るぎないクライマックスとなるはずであった。だが、それを認識できる者は、ほとんどいなかった。

それを目にしたごくわずかな者は、心の底から震えあがった。そして、かすかな希望が胸にひろがる……無限アルマダの到着は、地球を見舞った恐ろしい危機を一掃してくれるのではないだろうか、と。

*

「もとむ、スペクトルを評価して知的な結論を導きだせる有能な補助要員」フレド・ゴファーは、メッセージを口述しながらにやりとした。「提供するのは楽しい会話、朝食、昼食、夕食。ただし宿舎は質素なもので……おそらくグライダーになる。至急、応答願いたい」

メッセージの宛先を告げ、自分の名前も添えると、コンピュータに指示を出した。

「印刷フォーム、あるいはメモパッドでのみとどけること」

メモパッドは小型記憶装置で、コンピュータ・システムの使用者が個人的なメモをのこしたり、メッセージを受けとったりするために使われる。エギン・ラングフォードは半時間に一度はメモパッドを見るはず。それについては自信があった。疑似免疫保持者である彼女は、ほかの通信をほぼすべて遮断している。彼女が外からの情報を得られる手段は、メモパッドと、印刷されたメッセージだけなのだから。

フレド・ゴファーはウォーリーの複合研究施設にいた。自宅にもどる気になれなかったのだ。1＝1＝ナノルは油断ならない。あのアニン・アンは、自分の芝居を見破ったかもしれないから。どこか近くにひそんでいて、グライダーがマディソン・ギャップに帰還したとき、フレドがかくれ場から出て機内に乗りこむさまを見ていた可能性もある。だれにわかるだろうか？

フレドは追っ手をまこうと時間をかけてあちこちへ飛んだ。自動供給装置で飲料と食糧を調達し、心地いい暮らしは歯を食いしばってあきらめる。昼間はグライダーとともにかくれ場へ引きこもり、マディソン・ギャップ上空で記録されたデータの処理をつづけた。興味深い事実が山ほど観察されたが、百パーセントの確信は持てない。第一に、もっと多くの装置がいる。第二に、このデータについて議論のできる相手が必要だ。

二時間前、フレドはクローン・メイセンハートが無限アルマダの到着を告げるさまを耳にした。だが、韋駄天レポーターの大騒ぎに疲れてしまって、グライダーを降り、森のはしまで数メートル歩いた。今夜はよく晴れている。空を見あげ、それぞれの速さで蒼穹を移動する無数の光点を目で追った。ローランドレのぼんやりとした光のしみを凝視し、あの不気味なものはどれほど大きいのだろうと、身震いしながら自問した。

そのとき、気がついた。ここ数時間、1＝1＝ナノルは一テラナーを探す以外の件で忙しくしているはずだと。無限アルマダは、当初の見こみよりもはるかに早くあらわれた。到着の前倒しは、クロノフォシル・テラの現状と関係があるのだろう。それはだれにでもわかることだ。カッツェンカットはいやな予感をおぼえているにちがいない。かれの計画を水泡に帰すべく、無限アルマダがあらわれたのだから。この状況に、指揮エレメントの部隊は混乱していることだろう。ナコールにとっては、計画を実行するのに最高のタイミングだ。

フレドは急いでグライダーにもどった。測定装置によれば、近くに夢の蛾はいない。夜を抜けて、猛然とウォーリーまで飛ばした。複合研究施設の監視ロボットは、迷うことなく通してくれた。広大な研究施設に人の気配はない。フレドはいつもの測定分析室にいった。この施設にきたときいつも使う部屋だ。かれが自由に使えるコンピュータにはグーバーという名前がついている。そのグーバーが、エギン・ラングフォード宛てのメッセージを送信したのだった。

フレドの予想は当たっていた。二十分もたたないうちにコンピュータが通知してきたのだ。

「メッセージの返事がきました。聞きますか?」

「読んでくれ」

「待遇は了解。次のアシュビル・フェリーで到着」と、グーバーは読みあげた。

フレドは椅子の背に深くもたれ、ほほえんだ。混乱と苦難のさなかにあっても、まだ運はあるようだ。エギンはこちらの申し出を受けたうえに、いちばん早い方法できてくれるのだから。

*

《バジス》は半時間前に地球の周回軌道に入っていた。ハンザ司令部で転送機が自動的に作動し、転送フィールドのアーチ形開口部が光る。その意味を、そこにいる三人はみな理解していた。

明晰なグレイの目をした痩軀《そうく》の男が光輝現象から姿をあらわし、周囲を見る。ここを去ったのが数分前であるかのような、さりげない動きである。

ハンザ司令部中枢の中規模な部屋を昼夜問わぬ宿舎として、無限アルマダ到着の報告を追いつづけていた三人は、立ちあがった。だが、気おくれして動きをとめる。その男との別離は……かれらのうち、すくなくともふたりにとっては……あまりにも長すぎたから。

ついにレジナルド・ブルが力強く足を踏みだし、手をさしだしながら到来者に歩みよった。

「結局はだれかがいわなければなりませんからな」と、大声で、「テラへお帰りなさい、ペリー！」

グレイの目の男は、さしだされた手を握ると、力強く振った。その顔を微笑がかすめる。

「いいものだな、帰郷というのは。だが、祝辞めいたものを期待しているのなら、がっかりさせるしかない。祝うような気分ではないのでね」

ジュリアン・ティフラーとガルブレイス・デイトンも呪縛が解けた。進みでて、帰還者に手をさしだす。

「積もる話をする時間があればいいのだが」ペリー・ローダンはふたりにいった。「作業を急がねばならん。タウレクはいつものように漠然とほのめかすばかりなのだ。夢の蛾は無限アルマダの到着にどう反応している？　ドリーマーたちは？　かれらの状態に変化はあったか？」

「ドリーマーは相《あ》いかわらず無反応です」と、ティフラー。「アルマダの到着にはまったく反応しません。夢の蛾は違いましたが。かれらの飛行は、混乱したかのように一時的に不規則になりました。いまは正常にもどっています。夢の蛾は、最大でおおむね数百体の群れをなして地球上空を低速で飛行していて、海上にはあまり見られません。飛行高度は百メートルから二千メートルのあいだ。なにかをしている形跡は認められず、なんらかの待機中と思われます」

ペリー・ローダンのもとめに応じて、科学研究の責任者をつとめているガルブレイス・デイトンが、これまでになされたテクノ衛星対策と成果について説明した。

「成果については、残念ながらごくわずかです」デイトンは報告の最後に、「そのほとんどが、フレド・ゴファーという民間の研究者と、ここテラニアで公職につき、ゴファーと密に協力した女研究者によるものでして」

「そのゴファーと連絡はとれるのか？」ローダンがたずねる。

「数日前から連絡がとれていません。アニン・アンに追われたようで、身をかくしているようです」

「残念だな」ローダンはきびしい顔をした。「女研究者のほうは？」

「ラングフォードですか？　連絡はできるはずです」デイトンはヴィデオ・センサーに目をやった。「すぐにこちらに連絡するよう、エギン・ラングフォードに伝えてくれ。ただし、彼女と通信で話してはならない」

「承知しています」コンピュータが応じる。

ローダンのたずねるような視線を受けて、デイトンが疑似免疫保持者の状況を説明した。

「通信機器からはなれていれば大丈夫なのですが、受信機のスイッチを入れると、夢の蛾のプシオン放射の作用を受けてしまいます」

そのあいだにコンピュータが仕事をした。

「エギン・ラングフォードと連絡がとれません。ほかの者に事情を訊いたところ、ついさっき私的な理由で無期限の休暇を申請し、受理されたとのことです」

「ごくろう」デイトンはいい、コンピュータとの会話を終わらせた。

「まずいな」ローダンがいらだちをにじませ、「かれらと話をしたかったのだが。夢の蛾との戦い方をいちばんよく知っているのは、その二名なのだろう。よりによって深刻なカタストロフィに見舞われたこの瞬間に、ふたりとも連絡がつかないのか」

ローダンの言葉に非難の色がないわけではなかったが、デイトンは微笑した。フレドがここテラニアにいたあいだ、デイトンはあの二名と密接に協力してことに当たった。千百五十歳近い年齢にもなれば、人間関係もほぼ完璧に見ぬけるというもの。

「どこでかれらを見つけられるのか、心あたりはありますよ」デイトンは愉快そうに、「エギンとフレド、ふたりいっしょにです。ただし、いますぐに動かなければ。通常の方法では、かれらは応じてくれないでしょうから」

ローダンは保安部チーフをけげんな顔で見た。だが、すぐに怒りの色が消える。

「そういうことなら、気になる話ではあるな」そういい、ここにいる男たちには見慣れた、ちいさなしぐさをした。全般的な話をする、というサインである。「われわれはまたしても、ここ数百年で見慣れた厄介な状況におかれているわけだ。なにかが起きているが、それがなんなのかはわからない。上位の力が働いているということ。一方にはコスモクラート、もう一方には混沌の勢力がいる。

そのへんは気にしないでおこう。自分たちだけでこの状況と戦っていると考えるのだ。夢の蛾の無力化に全力をつくし、人類を目ざめさせなければならない。無限アルマダはソル＝アルファ・ケンタウリ＝シリウス宙域をごく低速で通過している。現状と無限アルマダの規模を考えれば、通過には数百年かかるだろう。だが、クロノフォシル・テラを最終的に活性化させるまで、それほど長い時間がのこされているとは思えないのだ。われわれは行動しなければならない。しかも迅速に。《バジス》とローランドレは無制限に使える。いざとなればアルマダのほかの部隊も投入できるだろう。われわれ、無限アルマダもふくめて、手中にある戦力だけをたのみとすることにしよう。コスモクラートやほかの上位勢力の応援は、さしあたり度外視する」いくらか口調をやわらげると、微笑しながらつけくわえた。「だが、助けにきてくれるというのなら、もちろん大歓迎だ」

そして、ガルブレイス・デイトンに目を向けた。

「きみの楽観主義を高く買っているよ」と、気軽な調子で、「その笑顔にはつられてしまうな。ただ、どうしてそれほど自信があるのか、説明してもらえるといいんだが」

「具体的ではないのです」デイトンはそう応じると、真剣な顔をしようとした。「予感でしかありませんが、宇宙にいる大艦隊は必要ないという気がします。問題は内側から解決するのではないでしょうか。だしぬけに、ごくわずかな力で」

「その予感の根拠について、せめてヒントだけでもないのか？」と、ローダン。

デイトンはあっさりといった。

「ありませんね。そんな感情をいだいただけです。いわれなく感情エンジニアと呼ばれているわけではないですよ」

＊

カッツェンカットは勝利に酔っていた。決定的な成果である。無限アルマダが目的地に到達するさまを、はじめは驚きとともに見た。それで集中が乱れ、地球や太陽系のほかの星にいるアニン・アンが一時的に混乱したが、すぐに回復。ゼロ夢見者は《バジス》が接近するのを観察し、地球の周回軌道に入るさまを追った。あの指揮船から地球へとなにかを送りこんだ転送機のインパルスも見のがさなかった。

それがなにを意味するのか、理解した。宿敵ペリー・ローダン！

ローダンがいま地球にいる。これは考えられぬほどの幸運だった。敵には、技術エレメントのプシオン作用に免疫を持つ者がいると吹きこんでおいた。ローダンはそのトリックにかかったのだ。あの男、自分は細胞活性装置保持者なのだから手出しはされないと思いこんでいる。最後の決定的な攻撃にそなえてカッツェンカットがそのような罠をしこんでおいたなど、想像できるだろうか？　アニン・アンがここ数週間でエネルギーをためこみ、ただ一度の攻撃でそれを解放して、ローダンを嵐に吹き飛ばされる枯れ葉のように一掃するつもりだということを、あの男が知るはずがあるだろうか。

ローダンを失えば、ほかの者は抵抗もできないだろう。のこったエネルギーでやすやすと制圧できる。免疫だと思いこんでいたものが実際にはなんであったのか、思い知るがいい！　地球住民はだれひとりおのれの意識の主人でいつづけることはできない。かれらは全員、最後のひとりにいたるまで、ヒュプノ・トランスにおちいることになる。そして、この華々しい働きにふさわしい賞讃をエレメントの支配者が惜しんだなら、テラナーたちをゼロ夢に引きずりこみ、かれらとともに夢の世界へと移住する。そこで余生をすごすのだ。

カッツェンカットは太陽系の惑星付近をゆっくりといつまでも通りすぎていく無限アルマダの大艦隊を見つめながら、なかでも巨大な物体に目を引かれて、いやな予感をおぼえた。ヴィールス・インペリウムの霧のヴェールのはるか彼方にあり、ほぼ動いていない。アルマダはなぜ、当初の見こみよりもはるかに早く目的地に向かったのだろうか。それほどまでに急いだ理由は？　かつてクロノフォシルだったテラの運命はすでに定まったというのに、アルマディストたちはいまさら介入しようというのだろうか。アルマディストはなにをする気配も見せず、ローランドレは微動だにしない。無限アルマダの大艦隊は通りすぎていく。いや、心配することはない。テラはかたづいた。史上最大の艦隊といえども、このクロノフォシルを活性化するなど無理というもの。そのような時間はのこされていないのだから。

いま気になるのは、無限アルマダよりも、配下の指揮官1＝1＝ナノルのことだ。あのアニン・アンは、技術エレメントについて知りすぎた一テラナーをなにがなんでも捕らえる必要があると考えている。危険だと断じ、絶対に排除すると。

ペリー・ローダンへの攻撃は、最大限に集中しなければできない。これまでにクロノフォシルが活性化された場所でメンタル成分をとりこんできたため、ローダンはほぼ不死身になっていた。アニン・アンがためこんだエネルギーは、あくまでも正確に解放する必要がある。そうやってローダンの精神の楯を粉砕し、抵抗力の残滓《ざんし》を無力化させるのだ。そのときは、1＝1＝ナノルが決定的なファクターとなる。最後の瞬間には、あのアニン・アンが位置についていなければならない。

カッツェンカットは、よけいなことに気をとられている部下を探した。寒冷な山岳地帯でシュプールを見つけ、追っていく。からだのない意識の下を、ちいさな居住地のまばらな明かりが流れていった。ゼロ夢のなかを動きまわるかれに、1＝1＝ナノルが対抗できるはずもない。

とるにたりない小規模な町の周辺部でアニン・アンを見つけた。指揮エレメントがいると気づいて、技術エレメントは仰天した。カッツェンカットを見ることはできずとも、自分に向けられたメンタル・インパルスの連射は感じるのである。

「例のテラナーが手の内にあるのです」1＝1＝ナノルは弁解がましく、「あの下に。大きな建物が見えるでしょう。あそこで……」

「その男はもはや重要ではない」カッツェンカットはいつになくきびしい口調でいう。

だが、アニン・アンは引きさがらなかった。

「一度は捕らえたも同然だったのですが」むきになっている。「あの人間はずるがしこく、さまざまな手を使ってきました。わたしのはなった追っ手がかれのグライダーを追跡しているあいだ、ゆうゆうとかくれ場にいて、われわれを笑いものにしていたのです。それでもわたしはシュプールを追って……」

「あとひと言でもいえば」ゼロ夢見者は脅した。「おまえはかつて1＝1だったと呼ばれることになる」

1＝1＝ナノルは一瞬で黙った。地位の剝奪は、アニン・アンに対する最強の脅迫となる。

「おまえが追っている男は、もはや重要ではない」カッツェンカットはメンタルの声でいった。「ペリー・ローダンがテラにいる。ローダンをヒュプノ・トランスにおちいらせれば、惑星全体が熟した果実のように転がりこんでくるのだ。わかるか？」

「はい」1＝1＝ナノルは自信のないようすで、「すでに一度、説明されたと思います」

「だが、またしても忘れてしまったのだろう」ゼロ夢見者は怒りをこめて声を張りあげた。「わたしの命令を無視するのなら、おまえは必要ない」

「したがいます」1＝1＝ナノルは指揮官をなだめようとした。「理解して、したがいます」

カッツェンカットはアニン・アンの思考を自分のなかに流入させてみた。てのひらを返すのが早すぎるような気がしたのだ。だが、1＝1＝ナノルの意識から流れてくるメンタル・インパルスにいつわりはない。突然に服従したのは不可解だったが、衷心《ちゅうしん》からのものだ。

「どうでもいいテラナーは放置しろ。ペリー・ローダンに集中するのだ」ゼロ夢見者は指示した。「わたしの命令を守れ」

「そうします」1＝1＝ナノルは約束した。

カッツェンカットは《理性の優位》船内にもどった。かれの意識は、宇宙をつらぬくプシオン・フィールドのラインに沿って動くことで、ほぼ時間のロスなく長大な距離を移動できる。ゼロ夢見者は、なじんだ場所で1＝1＝ナノルの奇妙な態度について考えた。あらたな姿になっても、相いかわらずあのアニン・アンは反抗的だ。栄養液に浮く脳を格納した金属卵になり、巨大な《マシン》でふるっていた力を失ってもなお、隙あらば反逆しようとする。だが、だからこそ1＝1＝ナノルをテラ作戦のリーダーに選んだのだ。ほかに組織力のある者はいなかったから。それに、エレメントの支配者にあたえられた任務を遂行しているかぎりは、技術エレメントの忠誠心を信用していいだろう。

それでも、ゼロ夢見者はいやな予感をぬぐいさることができなかった。1＝1＝ナノルは混乱し、動揺しているようだった。急にてのひらを返し、わざとらしく服従し……すべてがいつもと違っている。アニン・アンになにかが起きているのだ。

だが、その問題にこだわっている時間はない。船載コンピュータの報告によれば、テラニアで動きがあった。ペリー・ローダンが首都をはなれるようだという。

カッツェンカットは思った。自分はそれを待っていたのだ！　首都は護衛ロボットやセキュリティ装置だらけである。テラニアの外のほうが、ローダンへの攻撃はうまくいくというもの。

決定的瞬間は近い！

＊

「1＝1＝ナノルについて、わかったことが山ほどあった」フレッド・ゴファーはいった。「あいつはヒュプノ・トランス状態の人間のなかから手下を選び、本人が望もうと望むまいと実行するしかない指示をメンタルであたえている。アニン・アン自身は武装していないから、わたしには手を出せないんだ。体当たりぐらいはするかもしれないけどね。だから手下に追わせる必要があるんだよ。ただし、手下をコントロールするにはその近くにいなければならない。そのさいに使うメンタル放射は、到達距離がひどくみじかいようだ。データから考えて、二キロメートル以上ってことはないな。これは検出できる」フレッドは、驚くほどかんたんなつくりの実験装置をさししめした。「手下に命令をしようと1＝1＝ナノルが近くにあらわれたら、あれが警報音を発しはじめる」

エギンは片手で頭を支え、フレッドにほほえみかけた。

「もうそこまでわかってるのに、どうしてスペクトルの評価に補助要員がいるの？」

フレッドは手を組んだ。この瞬間、ひどく厳粛な顔をした。

「エギン、きみをここに呼びよせるためなら、どんな口実でも使ったさ。これはちょうどいいと思ったんだ」彼女の不思議そうな顔を見ると、はげしくかぶりを振り、「いや、そうじゃなくて。1＝1＝ナノルがどうやって手下を操っているのかについては、謎はない。でも、1＝1＝ナノルはどんなふうに操られているんだろう？」

「わかってるの？」エギンは驚いてたずねた。

「予想はしている。だからきみの助けがいるんだ」

フレドがコンピュータに指示を出すと、グーバーがデータをうつしだした。ほんの数日前にマディソン・ギャップで記録されたものだ。処理され、ノイズは除去されている。このデータから、1＝1＝ナノルと測定装置とのあいだの距離と、超高周波ハイパーインパルスの振幅とのあいだに相関関係がないのは明らかだった。

「これよ、まちがいない！」エギンはすっかり興奮して、「わたしたちが使う通信システムで発生させるのはむずかしい周波で、1＝1＝ナノルに向けられた送信だわ。純粋なプシオン・エネルギーよ。疑いの余地はないわ、フレド。あなたはアニン・アンが操られているチャンネルをとらえたのよ」

「そう考えていいだろうね」フレドは慎重に、「でも、これではなにもはじまらない。1＝1＝ナノルがどんな指示を受けているのか知りたかったら、この情報コードを解読しなければ。助けてくれるかい？」

エギンの視線がさまよう。考えこんでいるようだ。二時間前、フレドはアシュビルの宇宙港まで彼女を迎えにいった。そのフェリーで到着したのは彼女ひとりだけだった。

フレドは神経をとがらせて周囲に目をやったが、追っ手は見あたらなかった。まわり道をしてウォーリーにきて、四十分前からここにいる。かれらのほかには人っ子ひとりいない複合研究施設の一室で、夢の蛾について、とくに1＝1＝ナノルについてわかったことを、フレドはエギンに説明していた。

「ビットパターンとバイト長を解明するのは、むずかしくはない」エギンはひとり言のようにつぶやいた。「でも、進展は望めないでしょうね。特定周波のインパルスを受信したときに1＝1＝ナノルがどう反応するのか、それを突きとめなければ。それから……」

ぎくりとして口をつぐむ。高いブザー音がしたのだ。フレドが急いで立ちあがる。

「ごめん。あれはまたべつの検出機だ」

フレドは足早に移動した。当然ながら、手に入るものでなんとかするしかなかったのだ。こんな状況でなければ、警報機とコンピュータをつなぎ、グーバーが警告の種類を説明できるようにしておいたはずだが。

フレドは測定装置に身をかがめた。さっきエギンに見せたものに似て、原始的な外見だ。それから、身をすくませる。装置から目をはなさずに、急いで彼女に手まねきをした。

エギンが目にしたのは、見おぼえのあるインパルス・パターンだった。数分前にグーバーが何度か表示したものと同じ。だが、再生ではない。これはいまとらえているデータである。

「1＝1＝ナノルが近くにいるのね」と、エギン。

フレドは力をこめてうなずき、

「おまけに、命令権者から指示を受けている。最初のデータにくらべて放射強度がずいぶん高いな。ここのてっぺんを見てくれ……」

スクリーンに表示されたインパルスのピークをひとさし指でつついた。だがその瞬間、映像が消える。

「なんてことだ、これでは逃げられてしまう」

「1＝1＝ナノルの動きを追う方法はある？」

「ああ」フレドはすでに三台めの装置へと急いでいた。「これで……」

そういいかけて、もじゃもじゃの黄色い髪をかきむしった。

「くそ」と、低くもらす。「近いぞ！」

エギンは表示を見たが、なにもわからない。フレドがデータの説明をする。

「アニン・アンはどれも個別放射を発するんだ。該当する技術エレメントが活動中かどうかにかかわらず、いつも出ている。その周波とインパルス・パターンは一体ごとに違うから、個別放射は特定のアニン・アンの同定に使えるというわけ。指紋みたいなものだね。1＝1＝ナノルの指紋はわかる。これは、あいつだ」

フレドはちいさなスクリーンのひとつをさししめした。エギンがなにも訊けないうちに、先をつづける。

「この実験室には、1＝1＝ナノルの個別放射の検出機を二台置けるだけのスペースがあった。だから位置を特定できるんだよ。この実験室から八百メートルもはなれていない。これが意味するところはただひとつ。われわれが見つかったということ！」

「あなたが、でしょう」エギンが訂正した。「わたしのことは知らないはずよ。1＝1＝ナノルは、いまなにをしているの？」

「後退している」

エギンがすこしわきに身を引いた。考えごとをするときには、計器の表示に気を散らされたくないと思っているかのように。

「1＝1＝ナノルがここにいて、手下にあなたを追わせていたとしましょう」しばらくしてからいった。「やがて、あらたな指示を受けた。おそらくカッツェンカットから。最初の計画をあきらめて、移動している……どこに？」

「それがわかればね」フレドはため息をついた。

これまでは考えてばかりで、どちらかといえば受け身だったエギンが、突然エネルギーの塊りになった。

「1＝1＝ナノルのコースをできるだけ図示して」と、強くいった。「どこに向かっているのか、知る必要があるわ。このあいだにスペクトルを分析したの。なにか重要なことが起きている」

彼女の熱意につられて、フレドは測定装置を操作し、受信感度をあげた。

「1＝1＝ナノルは、なにをするつもりだと思う？」と、フレド。

「だれにわかるっていうの？　何日もあなたを追っていて、ついに見つけた。あとは手下を動かして、襲わせるだけだった。ところが、最後の瞬間に命令を受けて……急にあなたのことが頭から消えたってわけ。これが、夢の蛾がもっと大きな作戦を開始するって話じゃなかったら、わたしのことをジョアナって呼んでもいいわ」

「ジョアナ？」フレドは驚いてたずねた。

「わたしのミドルネームよ」エギンはほほえんだ。「大嫌いなの」

4

地球は、墓場のように死に絶えていた。

ペリー・ローダンは小型グライダーを、テラニアのがらんとした大通り沿いに飛ばしていた。かつては命にあふれていた場所が、死んだようにしずまりかえっている。弱々しい冬の太陽が無人の建物の前面を照らし、葉を落とした公園の木々や道路のくすんだ緑色の舗装に光を落としていた。

ふたたび罪悪感がうずきはじめる。論理的な根拠はないとわかっているのだが。自分がもっと早くもどっていれば、この事態を防げたというのか？　できはしなかっただろう。それでも自分を責めてしまう。人間の良心に論理はいらない。わたしは故郷世界を見捨てたのだ。人類が最大級の危機に見舞われたとき、はるか遠くに、銀河系の反対側にいたのである。

これがはじめてというわけでは、毛頭ないがな……皮肉の才にあふれた下意識のどこかで、そんな声がする。

ローダンは四座グライダーを上昇させた。家々の屋根がはるか下方に見える。それから大きなカーブを描いて、ハンザ司令部方面にコースをとった。詳細はオートパイロットにまかせ、追加の指示をする。

「ニュースを聞かせてくれ。無限アルマダをめぐる大騒ぎではなく、ローカルニュースを……まだ存在するのなら」

「探してみます」と、返事があった。

数秒後、受信機からニュースが聞こえてきた。

「……さいわいなことに、全般的な供給体制に変化はありません。食糧自動供給システムはスムーズに機能しています。さしあたり、ヒュプノ・トランス状態の市民が身体的に危険な状態におちいる恐れはなく……」

その言葉にローダンは注意深く耳をかたむけた。アナウンサーの声にメンタル・レベルで作用をおよぼそうとするなにかがないか、感じとろうとしたのだ。それで何十億もの人間がヒュプノ・トランスの犠牲になったのだから。かれらはニュースを聞き、ラダカムで話し、そのほかさまざまな通信手段を使った。それで夢の蛾のプシオン・インパルスがかれらの意識に作用し、自由意志を消しさったのである。

ローダンはなにも感じなかった。卑劣な作用に対する免疫が、かれにはある。アナウンサーの言葉を聞き流し、なぜこのようなローカル放送がまだ存在しているのだろうと自問した。通信を使ってもなんの害も受けないのは、少数のミュータントや細胞活性装置保持者のほかにはスウィンガーのグループしかいないのに。そのスウィンガーは、銀河系政治にかかわる出来ごとに影響をあたえるようになっている。かれらのスターは、クローン・メイセンハートのようなレポーターたちである。

ローダンは耳をすました。なんの前触れもなくアナウンサーの口調が変わったのだ。いまや強硬で挑発的、厚顔無恥なほど尊大になっている。

「映像を」と、ローダン。

ちいさなヴィデオ画面があらわれた。男の顔がうつしだされる。いかにもアナウンサー然とし、まじめで事務的で冷静だが、その表情と言葉が合っていない。声は生硬で、まるで悲鳴のように受信機から響いてくる。

「テラの悪霊が目ざめる。まだ聞くことのできる者たちよ、気をつけるがいい。人類は何千年にもわたって悪行につぐ悪行を重ねてきた。だがいま、復讐の時がきたのだ。おまえたちが逃げこめるかくれ場はない。もぐりこめる穴もない。おまえたちは敗北した。過去の罪がおまえたちを迎えにきたのだ。テラの悪霊が……」

「こんなものは消してくれ」ローダンがいうと、オートパイロットは瞬時にしたがった。

のこる飛行のあいだ、ローダンはついさっき受信した放送のことをふと考えた。夢の蛾が裏で糸を引き、放送に手をくわえたのか？　それともアナウンサーが興奮やストレスでおかしくなってしまったのだろうか。だれにもわかりそうにないことではある。

このときローダンは予想もしていなかった。〝テラの悪霊〟との出会いが、目前に迫っているとは。

＊

高度八十キロメートルで地球大気圏の外層を飛行するスペース＝ジェットのコクピットには、奇妙な雰囲気がただよっていた。唯一の光源は数十のカラフルなコントロール・ランプと……グラシットカバーの向こうで輝く星々の光である。

ガルブレイス・デイトンが操縦席についている。だが、飛行はオートパイロットが担当するので、することはなかった。デイトンの隣りにはレジナルド・ブル、二列めのシートにはペリー・ローダンとグッキーがすわっている。会話はあまりない。ローダンは上空を見あげて、無限アルマダの宇宙艦船がのこす光のシュプールを目で追った。人間の想像力でアルマダのとほうもない大きさを把握するのは、どれほどむずかしいことだろうか。肉眼では大艦隊のごく一部をとらえることができるにすぎない。艦隊のいまの速度では、最後の光点が夜の蒼穹を通りすぎるまでに何世代ぶんもの時間がかかることだろう。無限アルマダの体積は千立方光年以上にもなる。人間の理解力をこえる規模なのだ。

ローダンは視線をおろし、現実にもどった。

「応答がないのに、フレド・ゴファーをどうやって見つけるつもりだ?」

「ゴファーは実験をしているんです」と、デイトン。「エギン・ラングフォードもいっしょにいます。まちがいありません。アシュビル付近も地上のほかの場所と変わらないでしょう。すっかり動きがとまり、だれもかれもがヒュプノ・トランス状態にある。ゴファーが実験をしていれば、装置のエネルギー活動がのろしのように探知できるはずです」

真夜中ごろ、スペース=ジェットは北アメリカ大陸の大分水嶺をこえた。ときおり探知映像に、はるか下で動きまわる夢の蛾の大群のリフレックスがあらわれる。数時間前にジュリアン・ティフラーがいわんとしたことを、いまになってローダンは理解した。武力で夢の蛾に対抗しても、意味がないばかりか危険だと。群れはあまりにもひろく分布していて、効果的な攻撃はできそうにない。あれが壊れやすいのはわかっている。これといった防御手段を持たず、攻撃用の武器もそなえていないから。だがかれらは、あぶないと感じた瞬間に群れを解消するのだ。夢の蛾は何十億もいる。ひとつひとつを追跡し、すべてを破壊し終えるまで、何年もかかるだろう。さらに、個別の防御力はないとしても、集団であらゆる脅威に対抗してくる恐れがあった。いまやほぼすべての人間がヒュプノ・トランス状態にある。夢の蛾は高度に発達したテクノロジーに由来する手段をそなえ、その影響力は予想もつかない。攻撃されれば報復するだろう。ヒュプノ・トランス状態の者を人質にするかもしれず、そのリスクはあまりにも大きい。ヒュプノ・ドリーマーたちを手中におさめたゆえに、夢の蛾は無敵なのであった。

ペリー・ローダンがこの飛行に踏みきった理由は、ふたつある。なによりも第一に、風変わりな民間の研究者についてデイトンから聞いた話に漠然とした希望を感じたからだ。フレド・ゴファーは、テクノ衛星を追いつめるアイデアあるいは手段を見つけているかもしれない。第二の理由は、夢の蛾のひろがりぐあいを自分の目で見たかった。だからこそ転送機網を使わなかったのである。

スペース＝ジェットが目的地に近づいた。レジナルド・ブルが、探知表示からフレド・ゴファーの使う研究装置が発するシグナルを探しだす任務を引き受ける。フレドが自宅にいるとは考えられなかった。かれがほんとうに逃げているのなら、ふだんいる場所はすべて避けるだろう。デイトンの予想どおり、探知映像は暗い。アシュビル付近で動きは見られなかった。ウォータービルのハイパーカム中継ステーションは力強い反射を見せているが、ブルはあっさりとそれをフェードアウトできた。そのほかには弱いシグナルがまばらにあるのみ。そして、夢の蛾のいくつもの群れのエコー。

みじかいあいだ探して、ブルは見つけた。典型的なインパルスがいくつかまとまっている。研究用の装置がごくふつうに発するものだ。探知映像に地図をオーヴァラップさせる。

「ウォーリーっていう町だな。そこになにがある？」

「複合研究施設です」デイトンが答える。「かれを見つけたと思いますよ」

レジナルド・ブルが操作している探知装置の映像を、デイトンが横から見ている。なにか気がかりなことがあるようだ。

「このあたりには、とほうもない数の夢の蛾が集まっていますね」デイトンがつぶやく。

「なにか意味があるのでは、と思ったのです」

「ゴファーを追っているのかもしれないな」と、ローダン。

デイトンは首を横に振った。

「かれらの探知システムは、すくなくともわれわれと同じレベルのはず。忘れないでください、相手は通信分野のエキスパートです。ゴファーを追っているのなら、とっくに捕まえているでしょう。違いますね。なにかべつの……」

シートの上でなかばまるまって、うとうとしていたグッキーが急に目をさました。文字どおり飛びあがると、不自然に目を見ひらいて茫然と身をかたくした。

「どうした、ちび？」ローダンが愉快そうにたずねる。

だがイルトは愉快どころではなかった。震えながら隣りのローダンにすりよる。

「外になんか悪いやつがいるんだ、ペリー」と、ささやく。「思考を読むことはできないけど、残虐で容赦のない……」

ネズミ＝ビーバーがおびえて性急に口にした言葉を聞いて、デイトンが問うように口ーダンを見た。その顔には、断固たる決意をうかがわせるきびしい表情が浮かんでいる。

「ウォーリーにコースをとれ。予定どおりだ」ローダンはいった。「フレッド・ゴファーと話をしなければ」

＊

まる一日、エギンとフレッドは休むことなく作業を進めた。かなり早い段階で、アニン・アン宛ての情報コードは超短波ハイパー通信によるものと判明。これは、いま使える手段では解読できないこともわかった。フレッドの計画は、にせの指令でアニン・アンを混乱させて無力化するというものだったが、それはもはや不可能ということ。

だが、エギンがべつのアイデアをひねりだした。

「意味のあるシグナルは送れなくても、送信中の周波にオーヴァラップさせれば、すくなくとも受信を妨害することはできるはずよ」それが彼女の提案だった。「この方法で1＝1＝ナノルを操ることはできないけれど、カッツェンカットもかれを操れなくなるわ」

「われわれがシグナルを送る装置の近くに、1＝1＝ナノルがいてくれればね」

「1＝1＝ナノルに追われてるって、あなたが自分でいったのよ。遅かれ早かれ、また姿を見せるでしょう」

ふたりは作業にかかった。意味のあるシグナルを発生させる変換機をつくる必要がなくなり、すこし手間がはぶけた。そのかわりに単純なインパルス発生機を使う。任意に発生させた振動を、超高周波のハイパー通信にオーヴァラップさせるのだ。日の暮れるころになってようやく、奇妙な外見の装置ができあがった。フレドはまんざらでもないようすで、これを〝プシ・パルサー〟と命名した。

「さて、あとはこれとつなげる送信機ね」エギンは共同作品をしげしげと見た。

「それは考えてある」と、フレド。「ホマー・ビスロウがよろこぶんじゃないかな。このところ、新しい契約をとれていなかったから」

この謎めいた言葉の説明は抜きにして、フレドはエギンにプシ・パルサーをもう一度テストするようにたのんでから、部屋を出ていった。複合研究施設のがらんとしたホールや通廊を通りぬけ、通信システムの品質照合チェックの設備がある部屋に行く。装置のひとつをオンにし、WSDYの放送を受信するように調整した。ホマー・ビスロウにたのみごとをしにいく前に、WSDYがまだ放送をつづけているのかどうかたしかめておきたかったのだ。

すんなりと受信できた。ホマーの放送局はローカルニュース番組を放送していた。アナウンサーはスポーツマンタイプの若い男だが、声はホマーのものだ。かれがどれだけいつもシンクロ吹き替えをしているか、そのせいで視聴者にとどくニュースがどれほどつまらなくなっているか、それは神のみぞ知る。だが、そんなことはどうでもいい。ローカルニュース放送を聞くことのできる人間は、もう地球にはほとんどいないのだから。

フレドは満足して装置を切ろうとした。そのとき突然、アナウンサーの声がけわしくなり、さしせまった響きを帯びたのに気づき、驚いてその言葉に耳をかたむける。声はどんどんゆがみ、悪意をつのらせ、受信機から迫ってきた。もはやホマー・ビスロウの声ではなくなっていた。

「テラの悪霊が目ざめる」スポーツマンタイプの男が金切り声をあげた。だが、その顔には興奮のかけらもなかった。「まだ聞くことのできる者たちよ、気をつけるがいい。人類は何千年にもわたって悪行につぐ悪行を重ねてきた。だがいま、復讐の時がきたのだ。おまえたちが逃げこめるかくれ場はない。もぐりこめる穴もない。おまえたちは敗北した。過去の罪がおまえたちを迎えにきたのだ。テラの悪霊がやってくる、おまえたちを罰するために」

映像が震えたように見えた。するとアナウンサーの声がもとどおりに、つまりホマーの声にもどった。原稿もローカルニュースにふさわしい、ありふれた内容になっている。フレドは驚きながら装置をオフにした。夢の蛾がホマーの放送を妨害したにちがいない。

しばらくのあいだ放送を乗っとり、自分たちの奇妙なメッセージを流したのだ。だが、あの脅しにはどのような意味が？　テラの悪霊とは、なんだ？

フレドはかぶりを振りながら、エギンのもとに向かった。こんなことで頭をひねっていてもしかたがない。ホマーは自分の放送が妨害されたことに気がついたはずだ。そのおかげでこちらの提案を受ける気になるかもしれない。エギンは最後のテストを終わらせていた。期待どおり、スムーズに作動している。

フレドは測定装置をチェックしたが、1＝1＝ナノルが近くにいるという兆候はなかった。エギンに、これからどうするつもりなのか説明した。ホマー・ビスロウの放送局まではほんの数キロメートル。サンディマッシュの北側、ウォーリーよりにある。ホマーはひとりで会社を切り盛りしていて、放送局のすぐ横に質素でちいさな自宅をかまえていた。

そこへ向かいながら、フレドはさっき受信した奇妙な放送のことをエギンに話した。

「なにか大きなことが動きだしたのね」エギンは考えこみながら、「1＝1＝ナノルがあなたをほうっていくように強いられたときから、そうだと思っていたわ。なにかをするつもりなのよ……」

ふたりがホマーの自宅に着いたときは、夜の九時になっていた。ドアセンサーの音に応対してもらえるまでしばらく時間がかかったが、ホマーはスウィング冠の飾りをフル装備して玄関にあらわれた。はじめはすこし混乱した顔をしていた。

「あのめちゃくちゃな放送の件できたんだったら……わたしにはなにもできないよ」そう話しはじめたが、フレドが違うと手を振ると、黙った。

「すべての受信機を切ってから、われわれをなかに入れてほしい」フレドはいった。

「話さないといけないことがあるんだが、このエギンは疑似免疫しか持っていないんだ」

ホマーは進んでいわれたとおりにした。だがフレドが計画を話すと、顔を曇らせた。

「そんな話にかかわったら、あっという間にこのあたりの夢の蛾がぜんぶ襲ってくるんじゃないのか」

「ありえないわ」エギンが反論する。「この種類の放射に反応するのは、1＝1＝ナノルというテクノ衛星だけよ。ほぼまちがいない」

1＝1＝ナノルが自分から全テクノ衛星のリーダーだといいはったことは、さしあたり黙っておいた。

「リスクをとらないわけにはいかないんだ、ホマー」フレドは懸命に、「わたしにわかる範囲では、夢の蛾に有効な攻撃をしかけられるのは、地球全土でもわれわれしかいない。きみの助けがいるんだ。それに、きみが断るはずがないのも、わかっている」

いたずら小僧のような姿をしているが、ホマー・ビスロウはあてにできる男だ。ホマーは説得に応じた。三人で放送局に行き、複合研究施設のプシ・パルサーがここの送信機に接続できるよう、必要なスイッチを操作した。

「ありがとう、ホマー」別れぎわにフレドはいった。「いつもどおりに放送をつづけてくれ。1＝1＝ナノルがあらわれたら、わたしが介入する。きみがなにか気づくとしても、せいぜい、きみの放送周波帯で障害がいくつか起きたぐらいのことだ」

エギンとフレドがウォーリーへと出発したのは午前零時近くのこと。道すがら、平地や山あいを飛ぶ夢の蛾の数が、ここ数時間で急激に増えたことに気がついた。

「ここに全員集合って感じだな」フレドがつぶやいた。「これはどう判断すればいいんだろう」

「つまり、大作戦決行ってわけよ」エギンが予言してみせた。

フレドの角ばった顔を少年のような笑みがかすめた。

「くるならこい」と、上機嫌で、「こんどこそ驚かせてやる」

＊

カッツェンカットは夢ならではのたしかさで、一連の動きを遠くから指揮していた。ペリー・ローダンが首都をはなれたと報告を受けてから、手に入った情報をもとにその目的地を探りだすまで、わずか数秒。1＝1＝ナノルと話し、アニン・アンに関して危険なほど知りすぎた例のテラナーひとりをどこで見つけられるのかもわかった。カッツェンカットは、ローダンの乗るスペース＝ジェットがどうコースをとるのか観察して、ベクトルを計算する。それは、フレド・ゴファーという名の人間が住む地域をしめしていた。

カッツェンカットは部隊を集合させた。かれは芝居がかったやり方を好む。だからこそ、数時間前からアニン・アンを介して、〝テラの悪霊〟という不気味なメッセージをテラのさまざまな通信ネットワークに流していた。世界が崩壊する前に、すくなくともひとつはペリー・ローダンに警告をあたえるよう、かれのいっぷう変わったフェアプレイ精神が強いたのである。

アニン・アン全員を目的地付近に集めるわけにはいかないだろう。そのようなことをすれば、ペリー・ローダンは疑念をいだいて引きかえしてしまうかもしれない。あの男、自分には免疫があると思っているが、それでも二百億のテクノ衛星が押しよせたりすれば、危険だと感じるはずだ。カッツェンカットは技術エレメントを梯形《ていけい》にフォーメーションしていた。かれらがここ数週間でためこんだエネルギーを放出するさいに力を合わせられるようにするためだ。目的地には、数千のアニン・アンがいれば充分である。その程度ならテラナーの疑いは招かないだろう。

ゼロ夢見者は大勝利の準備を進めた。数時間もたたぬうちにペリー・ローダンがこの手に落ち、クロノフォシル・テラの活性化を阻止したとエレメントの支配者に報告できるのだ。支配者がどう反応するのか、これではっきりするというもの。カッツェンカットはふたつの道を用意していた。エレメントの支配者の温情を受けつづけられるか……さもなくば二百億のテラナーをゼロ夢に引きずりこみ、夢の世界へと引きこもるか。

将来の計画を練ることにふけっていて、無限アルマダの巨大な光る雲にはほとんど注意をはらわなかった。あの艦隊はもはや危険ではない。アルマディストたちがソルやその付近の星々のそばを通りすぎていく。クロノフォシルの活性化など、空論にすぎぬといわんばかりに。

わずかに気がかりなのは、ヴィールス・インペリウムの光輪の外に浮かぶ、ローランドレのぼんやりとした光のみであった。

＊

スペース＝ジェットは複合研究施設のはしに着陸した。グッキーがテレパシーですぐ近くにいる人間の意識をふたつ、探りだす。だが、そのような手間をかけるまでもなかっただろう。フレド・ゴファーとエギン・ラングフォードが作業をしている研究区画は、明るく照らされていたから。

現地時間で午前二時半。ペリー・ローダンは開いたエアロック・ハッチを慎重に通りぬけた。いい気分ではない。罠がしかけられていて、そこにみずから足を踏み入れているのでは、と、漠然と感じていた。ネズミ＝ビーバーに見張りをたのむ。レジナルド・ブルは士気をあげてはくれなかった。こうつぶやいたのである。

「気にいりませんな、このありったけの夢の蛾。数千はいる。なぜよりによってここに集中しているんでしょう？」

ローダンは無言で背を向けた。ひろいコンクリートの歩道に足音が鋭く響く。スペース＝ジェットのなかにいる者には、その姿が闇に消えたように見えた。やがて、明かりのついた区画を背景にしてシルエットが浮かびあがる。

ローダンは視線を感じた。まるで夜に千もの目があり、暗闇から自分を凝視しているかのようだ。突然、足音の反響がひどく空虚に聞こえた。立ちどまると、音はやむ。そのかわりに、上方で数百羽もの鷲《わし》がおだやかに羽ばたいているような物音が耳に入った。

緊張の度を高めて歩を進める。自分のなすべきことに集中するのがむずかしくなっていた。かんたんなはず。フレド・ゴファーやエギン・ラングフォードと話し、夢の蛾に勝利をおさめるべく投入できる方法があるかどうか、たずねるだけだ。なぜ急に疑念を感じる？　なぜためらう？　引きかえしたほうがいいという気がするのは、なぜだ？

そのとき、またしても足音が空虚に響きわたった。歩道の突きあたりにある明るく照らされた玄関に、一メートルたりとも近づいていないように思える。現実ではないという感覚に襲われた。夢のなかにいるかのようだ。もう一度、立ちどまった。だが、こんどは足音が鳴りやまずに大きくなる。巨大な金属ドラムがはなつリズミカルな轟音《ごうおん》となり、ローダンの脳にしゃぶりつき、震わせた。

そのとき……この世のものとは思えぬ光がまだあらわれる前に……悪い予感が的中したのだとわかった。罠にかかったのだ。空が光りはじめて、目をあげる。驚きはしない。敵がサイケデリックなしかけを際限なくくりだせることはわかっていたから。夢の蛾の大群が見えた。すべての蛾が内側から光り、巨大な聖堂のドームのようにおおいかぶさってくる。スペース＝ジェットと複合研究施設の建物が消えた。まだ存在するのは、テクノ衛星でできた輝く鐘と……かれ自身のみ。

まだ危険だとは感じなかった。夢の蛾が使う戦略は、テラにあらわれてからというもの、ひとつだけだったから。プシオン放射を徐々に作用させることで、標的から意志を奪って前後不覚のヒュプノ・トランスにおとしいれるのだ。だが、自分には免疫がある。細胞活性装置がプシ・インパルスの卑劣な作用から守ってくれる。さらに、スペース＝ジェットは見えずとも、近くにグッキーがいる。恐れることはなにもない。

「ペリー・ローダン！」

ローダンははっとした。この声なら知っている。子供のような甲高い声音《こわね》は、細胞活性装置で命がつづくかぎり忘れられないだろう。その声は冷淡で、どのような感情も帯びていない。このような話し方をするのは、カッツェンカット、つまり指揮エレメントである。

「ペリー・ローダン」ふたたび耳をつんざくような声がした。「おまえの道は終わりだ、テラナー」

ローダンにはわかっていた。耳に刺さらんばかりに響くような気がしても、この声は聴覚を介して聞こえているのではない。カッツェンカットは近くにはいないのだ。アニン・アンが仲介するメンタル手段を通して話している。プシオン性のトリックを使って。エレメントの十戒には、この種のヴァリエーションが山ほどあった。

「きみなど恐れはしない、ゼロ夢見者よ」ローダンは応じた。どのようにして思考が伝わるのかはわからないが、カッツェンカットにとどいていると確信していた。「きみのトリックになど、引っかかるものか」

「トリックだと？」あざけりのこもった言葉が返ってくる。ローダンは思わず耳をすました。「わたしは警告しなかったか？　おまえたちを罰するためにテラの悪霊を目ざめさせると、そう教えなかったか？」

「つまらぬことを」テラナーはいった。「テラの悪霊とはなにか、説明しろ！」

「テラの悪霊とは、おまえたちが過去数千年間に通信網を使ってひろめた嘘が濃縮されたもの」カッツェンカットは答えた。「秩序が有意義で混沌が無意味だという虚偽の精髄だ。テラの悪霊は、あやまてる哲学の化身なのだ。おまえたちは信じられぬほどの長きにわたり、その哲学を銀河系諸種族にひろめてきた。テラの悪霊が目ざめ、おまえたちを迎えにくる。だが、まずはおまえからだ。おまえはだれよりも、悪《あ》しき教義の伝播に責任があるから」

「大口ばかりを……」ローダンは軽蔑をこめて口を開いた。

そのとき、殴打めいたものがローダンに命中した。前へ倒れる。なにが起きたのかわからないまま、朦朧《もうろう》としながら気がついた。これまでスペクトルのあらゆる色に光っていた夢の蛾の光輝が、突如としてどす黒い燃えるような赤色に変化したのだ。なにかがローダンの心に手を伸ばしてきて、押しつぶした。猛烈な痛みにからだをつらぬかれ、気を失いかける。それ以上は考えられなかった。人生の終わりは間近だと、動物的本能が告げている。

〈グッキー……〉なすすべもなく、ローダンは考えた。

*

スペース＝ジェットの内部から見えた光景は、それとは違っていた。

ペリー・ローダンが機体から二十メートルもはなれないうちに、かれの上方、夜の暗黒のなかに、現実とは思えぬ光輝現象があらわれた。複合研究施設の前庭に、まばゆいカラフルな光が降りそそぐ。一見したところでは、光源がどこなのか判断がつかない。ローダンが二度めに立ちどまった。迷い、よろめいたように見える。

「ペリー・ローダン！」

甲高い声がコクピットの中心で聞こえた。ガルブレイス・デイトンが振りかえる。未知の話し手がシートのどこかにすわっていると考えたかのように。レジナルド・ブルは飛びあがった。ネズミ＝ビーバーはからだをまるめてシートの上で横たわり、ちいさくうめいている。

「ペリー・ローダン。おまえの道は終わりだ、テラナー」

ローダンの返事は、通常装備の一部であるマイクロ通信機ごしに伝えられた。

「きみなど恐れはしない、ゼロ夢見者よ。きみのトリックになど、引っかかるものか」

レジナルド・ブルがグッキーの介抱をした。

「ペリーがあぶない」と、ブルは懸命に、「連れもどしてくれ」

ミュータントの目が不自然に大きくなった。はるか遠くを見ているかのように。グッキーは身をよじった。

「ぼくにはできない……」と、あえぐ。「多すぎる……プシオン・エネルギーが……」

ぐったりとして目を閉じた。ブルがその上に身をかがめる。

「気を失った」信じられぬようすで、「あのいまいましい夢の蛾にやられてしまったんだ！」

「大口ばかりを……」と、受信機から聞こえた。

大きなヴィデオ画面に閃光がはしる。一秒のあいだ、外が真っ暗になったように見えた。やがて、くらんだ目にも輝くドームの光の変化が見てとれるようになった。カラフルな明るい光をはなつのをやめ、どす黒い燃えるような赤色になったのである。ようやく光る鐘の構造が明らかになった。それは、何千もの夢の蛾からできていたのだ。

「あそこを見ろ。ペリーが！」ブルが叫ぶ。

ローダンが倒れた。なすすべもなく手足を動かし、陸で泳いでいるかのように見える。

ブルは前に飛びだし、操縦席へと移動した。

「大声でいえることじゃないが」苦々しい怒りをにじませて低くいった。「なんといっても、あれが不死身じゃないのはわかってるんだ……」

そういって指をはげしく動かし、武器のスイッチを操作する。スペース＝ジェットの機体がにぶい音をたてて、重サーモ・ブラスターが作動した。腕ほどの太さの集束エネルギー・ビームが、闇夜の太陽のようにまばゆくはなたれる。熱エネルギーを受けて夢の蛾の最初の一群が破壊されると、光る鐘の壁から噴水がほとばしった。

だが、カッツェンカットにはそうやすやすと敵に勝たせるつもりなどなかった。自分の部隊が危険にさらされていると気づくやいなや、プシオン・エネルギーの一部を攻撃者に向けるよう指示を出す。メンタル攻撃の仮借ない一撃を最初に受けたのは、感情エンジニアのガルブレイス・デイトンであった。すさまじい悲鳴をあげ、ばったり倒れる。猛烈な怒りに駆られたレジナルド・ブルは、もうしばらく砲撃をつづけた。数十の夢の蛾がその射撃の腕の犠牲になる。ところが、ブルもゼロ夢見者の卑劣な戦術に捕らえられてしまった。まばゆい閃光が視野をはしり、ブルの脳のなかでなにかが爆発した。

そのあと、静寂が訪れ……

5

検出機が通知してきて、1＝1＝ナノルが近くにいるとわかった。

居眠りをしていたフレド・ゴファーは高いブザー音に飛び起き、プシ・パルサーに駆けよる。

「待って！」エギン・ラングフォードの鋭い声に、フレドは途中で立ちどまった。「その前に、ここでなにが起きているのか見たほうがいいわ」

その実験室には窓がなかった。外とはヴィデオ装置を通して光学的につながっている。エギンが指示を出すと、湾曲したスクリーンがあらわれた。この研究区画北側の前庭がうつしだされている。その映像が伝える光景の強烈さに、ふたりは息をのんだ。

複合研究施設前の敷地に、まばゆいカラフルな光からなる大きな鐘が生じていた。ヴィデオ装置が作成した透過映像により、鐘の内側も見える。そびえ立つ光る壁に沿って無数のちいさな光点がならび、目眩《めまい》がするほど高い頂上に目をやると、そこはまばゆい赤色に輝いていた。

この発光現象は猛烈で、研究施設の敷地のすみにあるスペース＝ジェットは輪郭がぼんやりと見えるだけだった。ふたりのいる区画へと進んでくるちいさな人影がある。ほとんど消えかかっているが。

「だれかしら？」エギンがささやいた。

甲高い子供のような声が虚空から発せられ、彼女の問いに答えた。

「ペリー・ローダン！」

エギンが鋭く息を吸う音がした。フレドのからだに寒気《さむけ》がはしる。ゼロ夢見者の甲高い声には聞きおぼえがあった。クローン・メイセンハートがメディア・テンダー《キッシュ》の装置で何度も合成させ、この声にふさわしい奇怪な話を伝えるべく視聴者に流していたから。さらに恐ろしいことに、カッツェンカットの計画がわかった。なぜゼロ夢見者が1＝1＝ナノルを呼びもどしたのか、理解できた。フレド・ゴファーという名のとるにたらぬコミュニケーション分析専門家など、重要ではなくなったのだ。大物狩りがはじまったということ。カッツェンカットは、ペリー・ローダンがウォーリーかサンディマッシュに向かったと聞きつけて、戦力を集結させたのだ。とはいえ、ローダンには免疫があるとゼロ夢見者は知っているはず。細胞活性装置保持者で、そのうえ深淵の騎士の称号もそなえている。これまでにわかったことから考えて、夢の蛾のプシオン力に対抗できる者がいるとすれば、それはペリー・ローダンその人であった。

だが、複合研究施設の前庭の光景を見れば、ゼロ夢見者がローダンの免疫を重視していないのは明らかである。フレドは身の毛もよだつことを考えはじめた。細胞活性装置保持者やスウィンガーがアニン・アンのメンタル・エネルギーに抵抗できるという話は、ローダンをテラにおびきよせるためにカッツェンカットがしくんだ幻想ではないのか。免疫があると思えばこそ、ローダンは、苦境に立つことなく地球の事件に介入できると確信したのだから。

だが、そうではなかったのだ。フレドは絶望を感じた。みなが、だまされていた。

「ペリー・ローダン。おまえの道は終わりだ、テラナー」

ローダンが立ちどまった。カッツェンカットの脅しにかれがどう返事をしたのか、実験室のなかでは聞きとれない。だがゼロ夢見者のメンタル音声は、痛いほどの強度で意識のなかに物質化してくる。フレドは自分のなかでパニックがわきあがるさまを感じた。ローダンの免疫に疑問符がつくのなら、自分の免疫も無効になってしまう。

「新しい種類の放射よ」エギンがいった。

フレドは彼女のそばへと急いだ。エギンの声は事務的で、研究施設前の出来ごとを科学者としての関心からのみ分析しているかのようだ。フレドは気をとりなおした。怒りに襲われる。自分自身への怒りだ。もうすこしでとりみだしてしまうところだった。

「どんな種類の……」と、口を開いた。

「ウルトラ高周波のハイパー放射ね」フレドの言葉を最後まで待たずにエギンは答えた。

測定装置を操作しながら、「強度が急にあがったわ。これは……」声がとぎれる。「ものすごいエネルギー量よ。外で放出されている」

不安もパニックも消えさり、フレドは自分のなかに耳をすました。夢の蛾に捕らえられた気配は感じられるか？　それはない。攻撃はペリー・ローダンに集中している。心配になってエギンを見た。外の映像は有線で伝達されているため、彼女にとって危険ではない。だが、アニン・アンのあらたな種類の放射に対して、彼女はどう反応するだろうか。エギンは気を張りつめて装置の表示を追っている。集中しきっていた。さしあたり心配はなさそうだ。

突然、映像が暗くなり、フレドはぎょっとした。はじめは、すべてが消えさったのだと思った。だが暗さに慣れていない目にも、巨大な鐘がはなつどす黒い燃えるような赤色が見えてきた。やがて光の加減に目が慣れると、光る鐘を構成する夢の蛾の卵形の輪郭が、はっきりとわかった。

しかし、フレドの目を釘づけにしたのは、それではない。あの鐘をつくっているのはアニン・アンしかありえないと知っていたから。ただ、この色の変化は、カッツェンカットの攻撃があらたな段階に入ったことをしめしている。ペリー・ローダンが倒れ、なすすべもなく手足を動かすさまが見えた。エギンが叫び声をあげる。

「放射強度が十倍になったわ！　どこからこんなエネルギーを？」

スペース＝ジェットの上方がぱっと明るくなった。太陽のように明るいエネルギー・ビームが夜をつらぬく。光る鐘の壁が噴水と化し、カラフルな火花が雨のように飛び散った。数秒のあいだ、フレドはスペース＝ジェットからの砲撃がアニン・アンに深刻なダメージをあたえるように願った。だがそのとき急に、ぼんやりとした重圧が意識にのしかかってくるのを感じ、なにが起きているのか本能的に理解した。夢の蛾が自分たちにあつかえるエネルギーの一部を使い、スペース＝ジェットの攻撃から身を守ろうとしたのだ。勘違いではない。一瞬ののち、サーモ・ブラスターのまばゆい集束エネルギーは消えた。

ペリー・ローダンは動かなくなっていた。身動きひとつせず、ゆがんだ姿勢のまま、鐘がつくった燃えるように赤い光の輪の中心に横たわっている。

氷のような冷静さがフレド・ゴファーの意識にひろがった。怒りゆえの非情な冷静さと、究極の決意が。アニン・アンの巨大な部隊のどこかに1＝1＝ナノルがいるのはわかっている。テラ作戦の指揮官だと自称した1＝1ナノルが。

あいつに対しては……そう、あいつに対してだけは、武器がある。

「プシ・パルサーを」フレドはエギンにいった。「最高出力で」

＊

「あとどれくらいだ？」カッツェンカットはいらだってたずねた。

《理性の優位》の船載コンピュータがプシ通信で応答する。

「あの男はわれわれの予想以上に強く抵抗しています。表面的には意識を失っていますが、恒久的に意志を奪って無力化するには、さらに高い出力が必要です」

「さらに高い出力だと！」ゼロ夢見者はかっとなった。「アニン・アンは力をほぼ出しつくしている」

「わたしは訊かれたことに答えました。戦略と戦術はあなたの問題です」と、コンピューター。

胸騒ぎをおぼえ、カッツェンカットはゼロ夢に生じた映像を見た。ペリー・ローダンは、何千ものアニン・アンがつくった巨大な光の鐘の下で気を失い、倒れている。何十億という技術エレメントがここ数週間で吸収し、蓄積させ、変性させたエネルギーが、鐘状ドームからテラナーに流れこんでいた。だが、メンタル成分の最後のかけらが抵抗しているのだ。ローダンの精神が、最後の力を振りしぼって隷属に逆らっている。

カッツェンカットは1＝1＝ナノルに荒々しく命令を発した。

「出力をあげろ！　作戦はごく短時間で終わらせる必要がある」

返ってきた答えに、カッツェンカットは混乱させられ、怒りがわきあがった。「われわれは支配者の支配者、万歳！」アニン・アンの思考インパルスが甲高く響く。「われわれは支配者のしもべです」

「おまえはたしかにエレメントの支配者のしもべだが、命令はわたしが出す！」ゼロ夢見者のメンタルの声がとどろいた。

1＝1＝ナノルから返事がくるまで、いつになく長い間があいた。

「なにも見えない」その思考に恐怖と痛みが入りこんでいる。「もうコンタクトできない……わたしは転落する……」

カッツェンカットは愕然とした。アニン・アンの態度は説明がつかないが、はっきりと感じる。1＝1＝ナノルは、技術エレメントの大群との仲介役として使えなくなったのだ。この重大な瞬間に、ゼロ夢見者はテラ作戦の進展をコントロールする力を失ってしまった。必死に代役を探す。1＝1ランクのアニン・アンは何体もいた。その全員が、命令を直接受けとる役割を引き継ぐことはできる。だが、どれを選んだとしても、現場の指揮をさせるには、光る鐘の頂点に行かせなければならない。攻撃の幾何学的フォーメーションはきわめて重要で、命令の受け手が作戦を効果的に指揮するためには、鐘の頂点にいる必要があるのだ。この移動にともなう時間的ロスは、作戦全体の成功を揺るがしかねない。

絶望感をつのらせながら、カッツェンカットは一アニン・アンの発するかすかな火花が鐘の頂上から転落するさまを見た。ぼんやりとした光点が落ちていき、突然まばゆい光をはなつ。1＝1＝ナノルは身体機能をコントロールできず、身を守れなくなっていた。次の瞬間にも爆発するかと思われたが、アニン・アンは地面にたたきつけられ、数秒後、はなっていた光は消えた。どうしてこうなったのか。1＝1＝ナノルとはもうコンタクトがとれず、カッツェンカットはセンサーも使って転落の原因を必死に探したが、未知の作用はどこにも見あたらなかった。だが、それも無理からぬこと。現場上空を、アニン・アンから発せられた無数のプシオン性インパルスが飛びかっている。この大混乱のなかで未知の一シグナルを発見するには、大変な時間をかけなければならない。

しかし、カッツェンカットに時間はなかった。1＝1＝ナノルが転落したため、光の鐘を構成する数千の技術エレメントが混乱する。そこからショックが伝わり、鐘とプシオン力でつながっていた周囲の何十億というアニン・アンをもつらぬいた。光る鐘が消滅。ゼロ夢見者はあわてふためき、1＝1＝ナノルの役割を引き継げる1＝1ランクの技術エレメントを探した。どこか近くで見つけなければ、移動に時間がかかりすぎてしまう。ペリー・ローダンが意志の力でみずからの意識の制御をとりもどし、失神状態から目ざめたなら、この攻撃は失敗に終わり、またはじめからやりなおすことになるだろう。だが次ともなれば、あのテラナーが今回のようにたやすく罠にかかることはない。

すぐに1＝1＝カレプルが見つかったとき、カッツェンカットは勝利の雄叫《おたけ》びをあげそうになった。現場からわずか数分の場所で、低ランクのアニン・アン数十万をひきいている。サーレンゴルト人は1＝1＝カレプルの注意を引くシグナルを発した。すぐに必要な指示をあたえるつもりで。

ところが、そうはいかなかった。突然、アニン・アンのプシオン性連射をやすやすと消しさるほど強い情報シグナルが、ハイパー・エーテルを通してはなたれたのだ。ゼロ夢見者にはその意味が理解できなかった。情報の中身は未知の変調によってかくされ、短時間では解読できない。怒ると同時に混乱しながら、カッツェンカットは奇妙な出来ごとに気を散らされはせぬと決意した。1＝1＝カレプルに出す指令をかたちづくる。だがそのとき、1＝1＝カレプルのプシオン活動が急速に弱まるのを感じた。タイミングが一致したことに気がついて、カッツェンカットは確信した。謎のシグナルが、技術エレメントの突然の変化を引き起こしたのだ。

「あの放射はどこからきている？」ゼロ夢見者は船載コンピュータにたずねた。

「一カ所からだけではありません」と、返事があった。「百以上のさまざまな場所から同時にきています。発信源は周囲の宇宙全体に分布しています」

「特定できるか？」

「ひとつだけは。ローランドレです」

感情にとぼしいゼロ夢見者が、心の底の底まで震撼《しんかん》した。技術エレメントのプシオン活動を低下させたシグナルが百ヵ所以上から同時に発せられ、そのひとつはローランドレからきている。ヴィールス・インペリウムの霧のような境界線の向こうにあるぼんやりとした光を、自分はずっと不気味に思ってきたのではなかったか？　無限アルマダがわき目も振らずに通りすぎていくのに、ローランドレは地球の近くで微動だにしないことに、胸騒ぎをおぼえたのではなかったか？

陰鬱《いんうつ》な予感は、はずれてはいなかったのだ。光る鐘が崩壊していく。アニン・アンはプシオン性の物音をほとんど発していない。発したとしても、なんの作用もない雑音である。あれほど入念につくりあげた技術エレメントのフォーメーションがすっかり崩れていくさまを、ゼロ夢見者は愕然と見守った。アニン・アンたちは方向感覚を失ったように見える。すくなくとも、最初はそう感じた。だが数秒後、勘違いだとわかった。アニン・アンには明確な目的地があったのだ。混沌から秩序が生じ、あらたな集団ができ、移動をはじめる。上へ、宇宙空間へと向かって。

ゼロ夢見者は理解できないまま、その信じられぬ出来ごとを追った。数億、数十億というすべての技術エレメントが、服従を拒否している。カッツェンカットは無我夢中で1＝1＝カレプルを呼んだが、その呼びかけは聞かれぬままむなしく響いた。いまや、たったひとつの振動波がハイパー・エーテルを制している。百以上のポジションから同時にはなたれたシグナルが。

その発信源のひとつは、ローランドレだ。

茫然とした状態からゆっくりと回復するうちに、カッツェンカットにはさまざまなつながりが見えてきた。かれはアニン・アンの出自を知っている。長いあいだ沈黙して動きをとめていたため、問題にはならぬと思われていた力ある者が、人生最大の敗北をもたらしたのだと、かれは理解した。

力ある者から呼びかけが発せられ、技術エレメントは無条件にその呼びかけに応えたのである。

憎きオルドバンめ。激情をつのらせ、ゼロ夢見者はそう考えた。

＊

フレド・ゴファーの視線は、大型ヴィデオ画面に吸いよせられていた。プシ・パルサーは数分前から最高出力で作動している。だが、外の映像に変化はない。名状しがたい異質な世界の怪物のように、陰鬱に光る巨大な鐘がペリー・ローダンの倒れた場所にかかっている。フレドは不安をつのらせながら、プシ・パルサーをためしてみるチャンスがなかったことを思いだした。この装置の原理は、直感すなわち瞬間的に思いついたアイデアにもとづいている。どれほど役にたつのか、だれにもわからないのだ。

鐘の中心にまばゆい光の点があらわれたとき、フレドは震えあがった。その光点がスピードをあげて落ちていく。転落したのだ！　フレドはあわてて立ちあがった。目を細めると、光輝現象の中心に夢の蛾の輪郭が見えた。希望に鼓動が猛然と速まる。

光る物体は、身動きせずに倒れているローダンから二十メートルほどはなれた地面にたたきつけられ、土に半分めりこんだ。フレドは銅像のように身をかたくして立っていた。いま、なにかが起きているにちがいない。落下したのがほんとうに1＝1＝ナノルなら、自分は実際に夢の蛾の動きに影響をあたえられたのだ。1＝1＝ナノルは、カッツェンカットの命令を伝達する指揮官なのだから。

「テクノ衛星が数体、部隊をはなれていくわ」と、エギン。

フレドは光る鐘の表面を下から上へと見ていった。確信がふくれあがる。夢の蛾の小隊が所在なさげに右往左往したあと、次々に光る鐘をはなれていくのが見えた。崩壊のプロセスはあっという間に進行した。夢の蛾が位置をはなれるにつれて、光が弱まっていく。転落したテクノ衛星も光らなくなった。

「ウルトラ高周波が消えてきている」と、エギンが知らせた。

フレドは、実験の成功が確実になった瞬間、自分がどのような気分になるだろうかと想像していた。感激して跳びあがり、勝利の叫びをあげるものと思っていた。だがいま、その瞬間がきたというのに、感激も勝利の陶酔もない。そのかわりに、膝が震えるほど安堵していた。脚をがくがくさせながら、作業をしているエギンのもとまで行き、彼女を椅子から立ちあがらせる。そのまま引きよせ、黙ったまま何秒間も抱きあった。やがて、エギンがいう。

「お祝いはあとで。まだ仕事があるわよ」

フレドは腕をはなして笑い声をあげた。

「きみときたら、まったく仕事の鬼だな……」

いいたいことはまだたくさんあったが、ヴィデオ画面に目がとまる。夢の蛾の光は完全に消えていた。いくつかの研究区画につづく道沿いの照明だけが光を落としている。スペース＝ジェットになにも動きはない。ペリー・ローダンは身動きせずに横たわったままだ。転落したテクノ衛星の外被は金属光沢を失い、つや消しのようになっていた。探知映像には、夢の蛾の大群がふらつきながらウォーリー付近から飛びさっていくさまがうつしだされている。

「ウルトラ高周波のシグナルが消えたわ」と、エギン。

ふたりは外に急いだ。フレドは途中で左手首につけていたマイクロ通信機をオンにした。スペース＝ジェットと連絡をとろうとしたが、うまくいかない。エギンがローダンのそばにひざまずく。そのほっとしたため息は、言葉よりも多くを語っていた。意識はないが、胸は呼吸のリズムとともに上下している。ペリー・ローダンは生きていた。だが、その精神が高エネルギー・プシオン放射の殺人的な爆撃を耐えぬいたのかどうかまでは、だれにもわからなかった。

フレドはマイクロ通信機を一般緊急通報の周波に合わせた。だが、ひと言もいわないうちに、受信機に奇妙な物音が入ってくる。喉に炎症を起こした者が、なんとかして話そうとしているかのような音だ。

「だれだ?」フレドは驚いてたずねた。

ふたたびしわがれた声がした。ようやく聞きわけられる言葉が受信機から響く。

「ナノル……」

フレドはあわてて振りかえった。地面に半メートルほどめりこんだテクノ衛星の、へこんだ外被が目に入る。このアニン・アンは、落下のさいに死んだものとばかり思っていた。

「1＝1＝ナノルなのか?」フレドは信じられずにたずねた。

「そうだ」その声は、苦労しながらも流暢《りゅうちょう》なインターコスモで応じた。「きみの勝ちだ。テラの悪霊は追いはらわれた。善だけがのこる」

フレドはなかば破壊された金属外被に近づいた。エギンが驚いて立ちあがる。

「勝ちたいと思ったわけじゃない」と、フレド。「わたしは不正を阻《はば》もうとしただけだ。十戒は……」

「話すな」1＝1＝ナノルがさえぎった。「勝者は事情を知るべきだ。きみに伝えておきたい。急がなければ。わたしの命は消える。アニン・アンの歴史を聞いてくれ……」

＊

「かつて、アニン・アンという種族がいた。きみたちの時間で何百万年も前のこと。きみたちと同じ有機体種族だった。外見はきみたちと違っていたが、アニン・アンはきみたちと同じく自然から生まれたのだ」

みずからの種族の歴史を語りはじめると、死にゆく者の声は力を得た。フレドはへこんだ金属外被の前に膝をついた。浮遊ランプの光を受けて、ふたつの影がかたわらにあらわれ、驚いて目をあげる。エギンの横にいるのがほんとうにペリー・ローダンだとわかるまで、一秒かかった。

「よかった……」と、口にした。

フレドは立ちあがろうとするが、グレイの真剣な目をした長身の男は、ひとさし指を唇に当てて黙るようにしめすと、アニン・アンを指さす。その瞬間、フレドのマイクロ通信機からふたたび声が聞こえてきた。

「アニン・アンははるか遠い銀河に住み、文明を発達させた。宇宙船で恒星間航行をし、最終的には銀河間航行ができるようになった。そんなある日、あらがうことのできぬ要請がアニン・アンのもとにとどいた。種族はそのころ八十億名ほどになっていたが、比類なき努力をし、それでも百年以上の時間をかけて、全員を収容できる巨大宇宙船を建造した。アニン・アンは、高度に発達した文化の恵みをすべて積みこみ、故郷世界や植民惑星をはなれ、未知なる呼びかけにしたがったのだ」

フレドは自分の耳が信じられなかった。かたわらでエギンがささやく。

「オルドバンね！」

「そう、われわれを呼んだのはオルドバンだった」1＝1＝ナノルはつづけた。「きみたちは、トリイクル9を守るために集結した監視艦隊の話を知っているのだな。その艦隊に、アニン・アンはくわわったのだ。

時がたち、トリイクル9が消え、のちに誤って無限アルマダと呼ばれるようになった監視艦隊は、失われた宝を探す旅に出た。そのとき、アニン・アンの精神が変化しはじめる。世代を重ねるうちに、わが種族の者たちのあいだで、自然が強制する生死という永遠のリズムに対する反感が育っていたのだ。一定数の子孫をのこして消えさるかわりに、永遠に生きたいとアニン・アンは思い、この心からの願いをかなえる生命維持システムを開発した。だが、この努力を耳にしたオルドバンは腹をたてた。まもなくアニン・アンは、これをつづけたければ無限アルマダを去るしかないと考えるようになる。しかし、そのようなことはほぼ不可能だった。なぜなら、そのころすでに強制インパルスが存在し、個々の宇宙艦船あるいは一部隊すべてがアルマダをはなれるなど、許されなかったから。

この窮状にあって、アルマダのグーン技術とまさに同等の技術力を有する強大な未知者が手をさしのべてきた。わが種族の望みを耳にし、助けようというのだ。その者の最初の支援によって、アニン・アンは強制インパルスのプシオン性バリアを克服できた。そのあと未知者は、どうすれば不死になれるのかを教えてくれた。つまり、大部分は技術装置で、意識の精髄だけを保有する存在に変われる方法を。われわれは学んだことを実行した。それ以来、アニン・アン種族は安定した静止状態となり、世代交代はなくなった。現在のアニン・アンの意識は、数百万年前、サイボーグ化と引きかえに永遠の命を手に入れることに同意した者のそれと同一なのだ。

ただ、こちらの計画になかったことがひとつだけある。有機体と技術装置のハイブリッドになったとき、われわれはオルドバンと無限アルマダに関する記憶を失ってしまったのだ。あの自称・救世主がその意図を持って介入してきたのだと、いまならわかる。かれは、われわれを自分の補助種族のひとつにしたわけだ。われわれがロボット化のさいにまとった姿は、きみたちも知っているだろう。あれが本来の姿なのだ……技術エレメントの。

というのも、救世主はエレメントの支配者だったのだから。かれがわれわれを十戒の

「一部とした」

ローダンが歯のあいだから鋭く息を吐く音がする。だが、すでに1＝1＝ナノルは先をつづけていた。

「われわれがクロノフォシル活性化に対してどのように戦ってきたか、おぼえているだろう。われわれの命令権者である指揮エレメントのカッツェンカットは、敗戦につぐ敗戦を喫した。十戒のエレメントが次々に失われ、最後には戦術を根本的に見なおすことになった。カッツェンカットはエレメントの支配者とともに計画を練り、技術エレメントの大群を投入してクロノフォシル・テラの活性化を阻止しようと考えた。だが、技術エレメントをテラに送りこむためには、外面的な形態をふたたび変えなければならない。その方法はきみたちも知ってのとおりだ。技術エレメントはロボットのからだを捨てて、有機体の意識……いいかえれば、脳というかたちにもどったのだ。それを栄養液入りの容器に格納したこの姿で、われわれは地球にきた。

　カッツェンカットの計画はかんたんだった。われわれが命じられたのは、テラの通信システムを理解し、そこに介入して、通信網をプシオン放射で満たすこと。そうすることで、ゼロ夢見者がメディア依存と軽蔑しているテラナーたちをヒュプノ・トランスにおちいらせる。トランス状態の住民だらけの惑星はクロノフォシルになれないと、カッツェンカットは考えていた。テラは反クロノフォシルになるはずだった。

成功を確信したカッツェンカットは、もうひとつ計画をたてた。ペリー・ローダンをも手中におさめれば、地球はコスモクラートにとって価値のない場所になると考えたのだ。そこで、免疫という幻想をつくりだした。細胞活性装置があればアニン・アンの作用を受けないと知れば、ローダンはためらうことなく、できるだけ早くテラにもどろうとするだろう。それからテラの悪霊が活動をはじめることになっていた。

われわれはテラの通信網で実験をしながら、とらえたすべての放送から検出できないほどわずかな量のエネルギーをとりこみ、蓄積させていった。この総量はふくれあがっていく。介入した電磁通信、ハイパー通信は何十億とあったから。そうして膨大なエネルギーを集め、決定的な瞬間に強力なプシオン放射へと転換して解放することで、ゼロ夢見者はペリー・ローダンを屈服させる気でいた。その後、のこったエネルギーで免疫ありと思いこんでいるほかの者たちをトランス状態にするつもりだった」

1＝1＝ナノルの声は、最後には弱々しくなった。力を失っていたから。最期が近づいている。

「テラの悪霊とは、なんなのだ?」ローダンがたずねた。

「蓄積されたエネルギーのことを、カッツェンカットがそう呼んでいた」フレドのマイクロ通信機から返事があった。「それがただの符丁だったのか、通信に使われるエネルギーをほんとうに悪いものだと考えてのことか、正確なところはだれにもわからない。

だが、わたしはたぶん後者だと思う。ゼロ夢見者は専制的世界観を信奉し、宇宙の住民は特権階級と低位の者たちに厳格に分けられると考えている。そのような考えを持ち、しかも自分を特権階級の一員だとみなす者はみな、規制のないコミュニケーションを危険だと感じるのだ。低位の者たちによけいな知識をあたえかねないから」

1＝1＝ナノルはしばらく黙った。力をかき集めるためのように見える。聞き手たちは、たったいま語られた〝自由コミュニケーションの敵・カッツェンカット〟という仮説について考えこんでいた。規制のない情報交換を悪だと考えるゼロ夢見者……それは、指揮エレメントから受けるイメージと一致している。

1＝1＝ナノルはふたたび語りはじめた。だが、これまでとはまったく違う話で、三人は驚いて聞き入った。

「しかし、カッツェンカットとエレメントの支配者には、見落としていたことがひとつあった。われわれがサイボーグ体から解放されたとき、アニン・アンの太古の記憶が呼びさまされたのだ。抑圧されていただけで、ほんとうには失われていなかったから。アニン・アンたちは突然、思いだした……故郷を、オルドバンを、トリイクル9を、無限アルマダを。そして、ゼロ夢見者に命令されてペリー・ローダンを意志のないトランス状態に突き落とそうとしたそのとき、なんの前触れもなくあの呼びかけが発せられた」

ペリー・ローダンは興奮して一歩前に出た。

「呼びかけ？」と、たずねる。

「オルドバンの呼びかけだ」死にゆく1＝1＝ナノルは答えた。「鋭い声だが、和解をうながすものでもあった。百以上の方向から同時にとどき、アニン・アンははるかな過去におかした過ちの正体を知った。無限アルマダをはなれ、混沌の勢力の道具になりはてたことだ。後悔の念が生まれた。オルドバンの呼びかけは、カッツェンカットがくだそうとしていたすべての命令を凌駕《りょうが》した。そして、かれらは向かった……」

最後の言葉はほとんど聞こえなかった。

「向かった？　どこへ？」ローダンがたずねた。

「向かった……」通信機からささやき声がもれる。「……故郷へ……そして……」

しずかになった。

スペース＝ジェット上方の投光器が点灯し、三人の人間を……そして、たったいま命の最後の火花が消えたアニン・アンのへこんだ外被を……まばゆい光の円錐がつつんだ。

＊

地球や、太陽系のほかの居住惑星での生活が正常化するまで、長い時間がかかることだろう。だが、復旧のプロセスは力強くはじまっていた。人類や地球外出身の市民が何十万、何百万、何十億とヒュプノ・トランスから目をさまし、ここ数週間の出来ごとを知って愕然とした。自分たちはトランス状態にいたあいだ、ふだんどおりに暮らしていると思っていたから。だが実際には、なにをするでもなくかろうじて生き、肉体の維持に直接かかわることだけをしていたにすぎなかった。

　心理的なショックはあまりにも大きく、状況が違えば、あらたな混乱が生じていた可能性もあったが、今回ばかりはメディアが人類に貢献した。ここ数週間、センセーショナルな報道をもとめる視聴者を満足させることをおもな使命としてきた、あのメディアが。無限アルマダの巨大艦隊が通過するさまを休みなく報道して、集団心理の悪化を防ぎ、夢の蛾の侵攻前に注目の的であった話題へと人々の目を向けさせたのだ。クロノフォシル・テラの活性化を使命とする、とほうもない大艦隊の到着である。

　だが、テラナーたちが期待しているのは無限アルマダだけの件ではない。クロノフォシル活性化とともに、その星系に住む種族の文化的・文明的可能性が劇的に開花することは知られている。最近の例では、ブルー族の精神の変化である。フェルト星系の惑星ガタスでは、論理一辺倒で感情のない思考をそなえたブルー族が、こまやかで感情豊かな存在に変わっていた。

　人類は、期待に胸をふくらませている。

　地球の周回軌道にとどまっている《バジス》船内では、きわめて重要な会議が終わろうとしていた。出席者はペリー・ローダン、自由テラナー連盟や宇宙ハンザの首脳部、スリマヴォとゲシールとベリーセの〝三姉妹〟である。ローダンはいまのところ、ゲシールとはちょっとしたしぐさで挨拶をかわすことしかできていない。さらに、ホロ・プロジェクションではあるが、ローランドレのナコール、つまりアルマダ王子も参加していた。そのかれがいま話している。

「オルドバンのメンタル保管庫が、わたしの知らないうちにひとりでに活性化していたのだ。その活性化の瞬間、オルドバンの意向とその背後関係がわたしのなかに、わずか数秒で流れこんできた。アニン・アンはほんとうに、はるかな昔には大監視艦隊の一種族だった。かれらは離脱に成功し、アニン・アンの記憶は無限アルマダから失われた。だが、カッツェンカットが、かれらをサイボーグ体から解放したとき、意図せぬまま、抑圧されていた記憶を呼びもどしたのだ。オルドバンはアニン・アンに故郷へ帰るよう呼びかけた。それは和解をうながす呼びかけで、消えたと思われていた子供を歓迎するような内容だった。アニン・アンは呼びかけにしたがった。われわれにわかる範囲では、かれらは例外なく無限アルマダにもどっている」

「一名をのぞいて」ローダンがいつになくきびしい表情でいった。だがすぐに、いつもの肩肘張らぬおちついた口調にもどる。「テラにも、太陽系のほかの惑星にも、もう夢の蛾はいない。きみの見解と一致しているようだ」

「帰還したアニン・アンは、たくさんのミイラ艦のひとつに住むことになる」ナコールはつづけた。「再編入にはいくらか時間がかかるかもしれないが、大きな問題は起こらないだろう。無限アルマダの航行はこのままつづけられる」

アルマダ王子のプロジェクションがゆっくりと消えていく。ローダンの視線は《バジス》の周囲をうつしだす大きなヴィデオ画面に向かった。満天の星を霧のような円弧が横切っている。巨大なリングのように太陽系をつつむヴィールス・インペリウムの一部である。そして霧の帯のすぐそばに、ぼんやりとした幅広の光のしみが見えていた。ローランドレだ。

「指揮エレメントの居場所について、わかったことは？」そうたずねながらローダンはベリーセを見た。

彼女は首を横に振った。

「ヴィールス・インペリウムはなにも知らないわ」

ローダンは三姉妹に歩みより、ゲシールに手をさしだした。彼女はほほえみながらそれを握ると、導かれるままに出入口へと向かう。

「長いあいだ、きみなしですごすことになったな」ローダンはおだやかにいった。「そばにいたいと、ずっと思っていた」

＊

ほかの場所でも、ものごとがまるくおさまろうとしていた。

フレド・ゴファーは悲しみにくれ、悩みながら、ほっそりとした姿を見送った。エギン・ラングフォードはみじかく手を振ると、反重力シャフトに入って消えた。

おしまいだ、と、フレドは考えた。フェリーは十分後に出る。そうなったらもう、エギンにふたたび会うことはないだろう。暗い気持ちでまわれ右をした。駐機場までどこをどう通ったのか、なにもおぼえていない。グライダーに乗りこむと、オートパイロットに自宅住所を告げ、シートにもたれかかった。別れの日はあまりにも早くやってきた。地球の生活はほぼ復旧している。ふたりで力を合わせて夢の蛾の秘密を追うコミュニケーション分析専門家は、もう必要ない。1＝1＝ナノルがアニン・アンの歴史を語って、秘密は存在しなくなったのだから。

自分のせいだ。きみをはなしたくないと、どうやってエギンに伝えたものか、毎晩フレドは頭を悩ませていた。でも、ふさわしい言葉を思いつけなかった……よりによって、世界でいちばん型破りな人間でスウィンガーだと自称しているかれが。そして突然、その日がきた。どうしてもテラニアにもどらなければならない、と、エギンがいう日が。のこされた時間はごくわずかで、想像力をふくらませることもできずに、彼女に口をふさがれてしまった。いままで伝えられなかったのだ、いまさらいえるわけがない。

かれの怒りは自分自身に向けられていた。もうサンディマッシュにはいられない。あの町やウォーリーのいたるところで、エギンがいたことを思いだすだろう。彼女を忘れるために、ひろい世界へと出ていかなければ。発展途上の諸惑星では、マルチ通信ネットワークを設置できるコミュニケーション分析専門家が必要とされている。とくに心引かれる仕事ではないが、気をまぎらわすことはできるだろう。フレドは、あすにでもそのような機会を探すことにした。

いままで世界の中心だと思ってきた故郷が、荒涼たる無人の地のようだ。酔っぱらいたい気分になったが、スウィング部屋に向かい、クローン・メイセンハートの放送を楽しむことにした。あのメディア道化師なら、いっときであれ、この悲しみを追いはらってくれるかもしれない。

寝台横のローテーブルにちいさなメモ・フォリオがあるのを見つけ、フレドは驚いて手にとった。ほんの数行だが、見慣れた筆跡を見て、電流にからだをつらぬかれたような気がした。

「この、とうへんぼく!」フレドは茫然としながらメモを読みあげた。「あなたのこと、史上最強の命知らずだと思っていたわ。それなのに、ひと言もいわなかったわね。だからわたしがいってあげる。フレド・ゴファー、わたしはずっとあなたといっしょにいたいの。よく考えて、返事をして。

追伸。サンディマッシュは気にいったわ」

一瞬、フレドは凍りついたまま、手のなかのメモを見つめた。やがて首をそらし、笑いだす。予期せぬ幸福の最初のショックから立ちなおると、自宅コンピュータに大声で告げた。

「アシュビル＝デンバー間フェリーにラダカムをつないでくれ。しかも、大至急！」

*

かれは愛情のこもった抱擁から身をはなした。気がかりそうにクロノメーターに目をやったのを、彼女は見のがさなかった。

「たった十時間よ。なんだっていうの？」彼女はほほえみながらたずね、かれをはなすまいとする。「それくらいの時間なら、もらってもいいと思うわ。あなたが必要になれば連絡をしてくるでしょう」

ローダンは考えこみながら妻を見つめた。スリマヴォやベリーセといたあいだに、彼女は変わっていた。自信をつけ、成熟し、肩の力が抜けている。当惑しながらも白状するしかないが、ゆうべのような夜は生まれてはじめてだった。自分の人生にゲシールが入ってきたとき、かれはふたたび肉体の愛の力を知ったと思ったもの。だが、それは間違いだったと、数時間前にわかった。ほんとうに知ったのは、ついさっきのことだ。

ゲシールは一歩さがると、媚《こ》びた表情でからかうように夫を見た。

「グレイの目をした偉大な男。この十時間でなにが起きたのか、わかってる?」

「わかっているよ」ローダンはうなずいた。「きみはわたしを幸せにした」

「そして、未来の父親にしたわ」

ローダンは口を開け、驚きに言葉を失い、顎を落として突っ立っている。その姿に、ゲシールは明るい笑い声をあげた。それから夫の両肩をつかみ、まわれ右をさせると、ドアのほうにそっと押した。

「さ、行って」まだ笑いながら彼女はいった。「あなたが必要なのに、気をつかっているのかもしれないでしょう」

噂によれば、そのあとの勤務時間、ペリー・ローダンはぼんやりとして集中を欠き、新米の兵士ならば大目玉をくらうところだったという。見かねたウェイロン・ジャヴィアが、本船に大変なことを起こす前に司令室をはなれてはいかがでしょうかと、声をかけたのだった。

ペリー・ローダンは、その言葉にしたがった。

＊

絶望が重苦しい諦念にとってかわっていた。

かれは終わったも同然だった。冷酷な運命は、決定的瞬間に最大の勝利をあたえることを拒み、かれに潰滅的な敗北をもたらした。

エレメントの支配者に報告するまでもない。支配者は斥候を介して技術エレメントの喪失を耳にしているはずだ。許しを請いに貯蔵基地まで行くこともないだろう。支配者はゼロ夢見者のたび重なる失態にいらだち、今回の作戦までも失敗すれば、なにをすることになるのかはっきりと知らせていた。あのとき、カッツェンカットはひそかに嘲笑したもの。今回は失敗などありえないと思っていたから。

だが、勘違いだった。敵には混沌にあらがう運命の力が味方についている。そうでなければ、テラ作戦の結末は説明がつかなかった。

のこされた道はひとつだけだ。こうなったときにやれとエレメントの支配者から命じられていたことを、実行しなければならない。

心の底まで戦慄がはしる。そのような道に足を踏み入れたくはない。最後になにが待つのか考えようとすると、思考がそれを拒否する。

四千年の人生ではじめて、カッツェンカットはほんものの恐怖を感じていた。

夢見者カッツェンカット

トーマス・ツィーグラー

登場人物

ペリー・ローダン	銀河系船団の最高指揮官
タウレク ヴィシュナ	コスモクラート
ゲシール	ローダンの妻
ハジョ・クレイマン	ハンザ司令部職員。宇宙弁護士
クローン・メイセンハート	星間ジャーナリスト
カッツェンカット	指揮エレメント
エレメントの支配者	エレメントの十戒の支配者
〝それ〟	超越知性体

1

夢見者カッツェンカット
過去の灰

かれが惑星サーレンゴルトの夢をみることは、めったにない。天に浮かぶふたつの目……深紅の空に高くかかる赤色と白色の連星の夢も、灰の熾火《おきび》からあおられた炎の夢も。灰はグレイの布のごとく惑星をおおい、そのグレイのなかから夢見者たちの白い塔がそびえている。黒い雪でさえも、その純白の鋼を汚すことはできない。

記憶……

闇のなかの声、生気のない日の声。溶けてふたたびかたまった金のしずくのような衛星が、灰の世界を周回している。おまえは失敗した、そう衛星がささやく。失敗し、おのが義務をおろそかにした者には、罰がふさわしいと。衛星の声で話しているのがだれなのか、かれにはわかっていた。夢のなかで身をすくませ、叫ぶ。わたしのせいではない！　わたしはできるかぎりのことをしたのだ。悪いのは技術エレメントのみ……だが、返事はなかった。

夢のなかで、かれは煤《すす》で黒くなった丘や海岸をふたたび歩いていた。燃えつきた残骸が沈痛な影像となってそびえる。ガラス化した砂浜の上を灰が舞う。水平線近くでは、汚れた海でなかばおぼれながら、ウィ＝ンの宇宙船の残骸が波と戦っていた。炎からあがる物憂げな煙のほかには、なにひとつ動いていない。風も息をとめ、灰の最後のひとひらが地面に落ちた。南では大きな炎の照り返しが揺らめいている。

戦闘の嵐が吹き荒れた。戦闘は敗北に終わった。

誇り高きサーレンゴルトは燃えつきた。いまや、灰と夢見者の塔しかのこっていない。一万年以上の長きにわたり、夢見者たちはナルツェシュ銀河を支配してきた。一万年以上の長きにわたり、かれらは不滅の塔に守られながら夢をみて、夢のなかで無数の惑星や種族の運命を決めてきた。からだのない意識となって星々へと飛び、銀河の果てからべつの銀河まで、目に見えずともあまねく存在した。かれらは千五百億以上の恒星の覇者となり、時空の、そして何兆という知的生命体の支配者となった。

かれらは銀河間の虚無空間に目を向け、遠い銀河や星団をむさぼるように見ていった。夢をみるかれらに対抗できる敵など、ナルツェシュ銀河には存在しなかった。夢見者の力をおびやかせるほど強く賢いライヴァルもいない。やがて夢見者たちは、あまりにも長いあいだ無敵であったために、この無比の強さは運命からの贈り物であると考えるようになった。そこで、何百万もの集団となって虚無空間をわたり、近隣銀河を征服すべく、青の銀河の勢力と旧来のゲームをしようとした。

青の銀河の支配者がウィ＝ンであることを、夢見者は知らなかった。ウィ＝ンが何百年も前から宇宙戦争に巻きこまれ、虚無空間の出来ごとをなにひとつ見のがさぬロボットにみずからの帝国全体の境界線を監視させていることも、知らなかった。ロボットはゼロ夢見者の侵略部隊を発見し、ひとりのこらず消滅させた。そして……

ウィ＝ンの偵察隊がイナゴの群れのごとく、ナルツェシュ銀河に襲いかかった。重武装の機敏な宇宙船が巨大な艦隊をなしてあらゆる抵抗を打ち砕いたのち、サーレンゴルトの空を暗くした。四昼夜のあいだ炎が降りそそぎ、火の雨がやんだときにのこされていたのは、灰と塔のみであった。

塔のなかで眠る者たちは二度と目をさまさない。悪夢に捕らえられた夢見者に、出口はないのだから。

ウィ＝ンは白い塔を破壊することはできなかった。そのかわりに塔を牢獄とした。

記憶……

泥のような海のグレイに靄《もや》がかかっていた。燃えつきた陸地には灰が積もり、空中には煤が舞っている。湿った不気味な動物のように、靄が海岸を這っていく。引き裂かれた宇宙船の残骸は、くすんだ靄のうしろに消えた。やがて風が吹いて、灰が大きな雲となり、ガラス化した砂浜や、燃えつきた残骸や、丘の上にかかり、こえていった。灰の雲は密度を増し、丘の向こうにそびえる塔をおおいかくした。夢のなかで、かれは靄のじっとりとした抱擁を、風の乾いた息を感じた。にわかに絶望に圧倒され、かれは叫ぶ。なぜ？　なぜ、わたしはまだ生きている？　ほかの者はみな、死の眠りについているというのに。

靄が散り散りになった。

灰の雲が消える。

夜が水平線にしのびより、そこから黒い姿があらわれた。深紅の空の雲を黒ずませている煤よりも暗く、灰の夜よりも暗く、これまでに世界が目にしたものすべてにもまして異質だ。その姿は、ふつうの者にはたどれぬ道を通って、虚無からやってきた。あまりの異様さに、口にすることさえできぬ計画を胸に。

夢のなかで、かれの恐怖はあのときのまま、ありありと感じられた。

夢のなかで、燃えつきた浜辺の夜から四千年もたってはいない。夢のなかで、かれはいまなお黒い未知者の前に立ち、未知者はあのころのようにかれの秘めたる思考を読みとっていた。

「ウィ＝ンに復讐をする手助けをしてやろう」黒い来訪者はいった。

「だれだ？」夢見者はたずねた。

「おまえの主人だ」未知者はいった。「おまえの支配者であり、救済者だ。おまえをウィ＝ンの夢の牢獄から解放してやった。終わりなき夢からさめ、おまえの塔から出られたことについて、おまえが感謝すべき相手はわたしだけだ」

かれはこの返事に恐怖を感じた。どのような援助にも代償はついてまわると知っていたから。かれはあとずさった。角ばった無毛の頭をおおう赤いそばかすのような色素センサーが暗くなり、感度が鈍る。無視しつづければこの未知者は消えると、からだが望んでいるかのように。恐怖心がふくれあがった。発話口から窒息したような音がもれ、摂食口の閉鎖筋がけいれんしたかのように収縮した。

「なにが望みだ？」ゼロ夢見者は言葉を絞りだした。「わたしになにをもとめている？」

未知者は動かない。夜のなかに黒く立っている。夜よりも黒く、サーレンゴルトのすべてのものよりも黒かった。

「おまえはわたしに仕えるのだ」黒い者は答えた。「おまえはほかの者を支配するようになる。それでもわたしに仕えるのだ。わたしを裏切ってはならない。裏切れば、死ぬことになるから。わたしに仕えるなら、おまえに永遠の命をやろう」

夢のなかで、かれは来訪者を見あげた。信じることはできなかった。

「永遠の命?」疑り深くくりかえす。「不死ということか? あなたに仕える褒美として? 永遠の命があたえられるほどに価値のある任務とは、なんなのだ?」

「戦争だ」未知者はいった。「この戦争は古くからある。いつはじまったのか、わたしでさえも忘れたほど。理性ある勢力が、宇宙最大の敵と戦っているのだ。この敵は秩序のために混沌と戦うと吹聴《ふいちょう》しているが、かれらがいうところの秩序は、わたしやわが同族にとっては死を意味する。敵には多くの顔があり、多くの名前を持つ。その協力者は無数にいて、使える手段は無限に近い。もしもこの敵が、モラルコードの損傷によってみずから弱体化していなければ、理性ある勢力ははるかな昔に敗北していただろう」

夢のなかで、かれは未知者の向こうに目をやった。靄のたちこめた海と、ガラス化した砂浜と、陸地のグレイの灰と、水平線の炎を見た。夢のなかで、かれはあのときと同じ問いを発していた。この男に仕えてはならない理由があるか? 永遠に生きられるのに、なぜサーレンゴルトにとどまり、死ななければならない? ナルツェシュ銀河の諸種族は、われら夢見者が一万年にわたって支配していたあいだになにをしたか、思いだすことだろう。ウィ＝ンの偵察隊が夢見者の力を打ち砕いたいま、かれらは復讐をはたすべくやってくるはずだ。ここにきて、灰の世界を発見するだろう。灰のなかの塔を、塔のなかで夢に埋葬された最後のサーレンゴルト人たちを……

それでも決めるのは恐ろしかった。かれの目であり、耳であり、鼻である色素センサーがはげしく充血した。言葉にかくされていることすべてを解明すべく、恐怖心が感覚を研《と》ぎすまそうとしたかのように。かれは自分がなにを待っていたのか、理解した。脅迫である。不服従は死を意味する。自分でも驚いたことに、かれは脅迫されて安堵していた。脅迫は責任という重荷から解放してくれる。服従のほうが、はるかにになないやすい重荷なのだ。

「あなたに仕えます」夢のなかで、あのころの言葉をくりかえした。「わたしが考えるに……」

鉄拳の一撃のごとき痛みに襲われた。猛烈な痛みにわめきたてる。だが世界は燃えつき、塔の夢見者はぐっすり眠っていて、この声を聞くことはない。そのうえ、サーレンゴルトでただひとりかれの声を聞いている者は、悲鳴など気にもとめなかった。

「おまえは考えるのではなく、仕えるのだ」かれのあらたな主人はいった。「おまえはわたしの道具だ。それ以上ではない」

かれはうめいた。煤が白い肌を黒くしている。灰のために色素センサーが働かない。痛みがしだいにおさまり、薄らぐうちに、見境いのない怒りがわきあがってきた。わたしはサーレンゴルト人だ！　わが種族は一万年にわたってナルツェシュ銀河全体を支配してきた！　わたしをこのようにあつかう権利などだれにもない！　だれにも……

「おまえはわたしの道具だ」主人はいった。「これからも道具でありつづける。もっとも重要な道具とはいえ、しょせんは道具…… 〝エレメント〟だ。指揮エレメント、エレメントの十戒をひきいる者。おまえは最初の指揮エレメントではない。おまえの前に十四名がわたしに仕えた。死ぬまでな。かれらはにせの秩序の勢力と戦ううちに死んだ。だが、これはおだやかな死といえる。さもなくばわたしの手で殺されていただろうから。かれらは無能で、失敗したのだ。その死は……」

「わかりました」

「おまえはなにもわかっていない」

夢のなかで、かれはあえぎながら灰のなかに横たわっていた。敏感な色素センサーが煤をかぶっている。頭をあげると、北の丘や白い塔に灰がシートのようにはりつき、影絵と化していた。サーレンゴルト全体が影の国で……影が住民であった。かれはあちこちの塔で眠る者のことを思いだした。かれらを待つ運命のことを。かれは主人を見たが、自分の種族を助けてほしいと願いでる勇気はなかった。道具は仕え、したがうのみ。なにかをもとめるなど許されないのだ。かれはやっとのことで身を起こした。

「おまえに名前をつけなければ」支配者はいった。「新しい名前を」

「なぜでしょうか?」かれは思いきってたずねた。ふたたび痛みに襲われそうな気がして、本能的に身を縮める。だが痛みはあらわれなかった。

「なぜなら、いまからおまえはわたしの道具になるからだ。いまはじめておまえは存在しはじめる。これまでのことは存在しない。そうでなければならん」かすかな愉悦が不気味な者からはなたれた。「なんのしがらみもない者だけが、完璧な従者となるのだ。おのれを主張せぬ、過去を持たぬ者だけが、理想的な道具となる。おまえからおのれ自身と過去を奪い、そのかわりに権力と不死をあたえてやろう」

「寛大なはからいです」

「わたしがあたえるものは、いつなりと奪いとれるのだ」

夢のなかで、かれはあらたな名前を考える。四千年前にサーレンゴルトで考えたように。あのときとまったく同じように、炎の煙のなかに答えを見つけた。海は死んだが、まだ煙はあがっている。

「わたしのことは、カッツェンカットとお呼びください」かれはいった。「夢見者カッツェンカットと」

カッツェンカットとは……と、湿った重苦しい声がどよめき、つけくわえた。カッツェンカットとは〝わたしは生きたい〟という意味なのだ。

＊

かれは悲鳴をあげて飛び起きた。背筋も凍るような一瞬のあいだ、サーレンゴルトのグレイの灰と、ガラス化した砂浜がまだ目の前に見えていた。やがて記憶の映像が消え、現実に、《理性の優位》の司令室にもどってきた。グリーンのフォーム・エネルギーの壁が、床が、天井が、船全体が……すべてが内側から赤熱《せきねつ》しているように見える。夢の影を追いはらおうとするかのように。

かれの緊張した背中の筋肉を、フォーム・エネルギーの手がマッサージした。寝床がわりのくぼみのわきにある隆起部から、伸縮チューブが伸びてくる。機械的に摂食口を開け、賦活成分が添加された液状食糧をむさぼるように飲んだ。同時に、呼吸頸の気管系から純粋な酸素を吸いこむ。

カッツェンカットは打ちひしがれていた。あの奇妙な夢のあとにはいつもこうなる。夢のなかでは、からだから解放されるのではなく、記憶の深淵へと転落していく。サーレンゴルトの同族に、あのような夢をみる者はいなかった。夢はつねにゼロ夢で、意識がからだの枷《かせ》をはなれ、エーテル状の存在形態で時空の限界をこえることができる。光ならば何年もかかる距離さえも、思考の速さで翔破できるのだ。

外宇宙にではなく内面の宇宙に向かう夢が存在するなど、サーレンゴルトでは聞いたこともなかった。さらに、ときとして無意識の宇宙には、星々や銀河がある宇宙より大きな危険がひそんでいるなどということも。

カッツェンカットは液状食糧のチューブをわきに押しやり、明るい赤色の色素センサーで宇宙船内の空間に耳をすました。なにもない。聞こえるのは、フォーム・エネルギーが発する音楽めいたかすかなささやきのみ。船載コンピュータにメンタル指令をあたえた。くぼみのフォーム・エネルギーがかたちを変え、すわり心地のいいシートになる。さらにメンタル指令を出すと、ホログラムの不定形プロジェクション・フィールドが空中にあらわれた。ホログラムの多彩な光の明滅をぼんやりと眺めるうちに、五百歳の誕生日の直後から内面世界の夢がはじまったことを思いだした。サーレンゴルト人の自然寿命は二百歳だというのに、いまやかれは四千歳をこえている。〝貯蔵基地〟での細胞シャワーがなかったら、とうの昔に死んでいたはず……

もしかしたら、この夢は不死の代償かもしれない。われわれサーレンゴルト人のからだは、永遠の命には向いていないのだろう。歳月の重みが増すにつれて、ゼロ夢が安堵をもたらさなくなるのだ。のこるは内面への旅だけ……わたしはゼロ夢の能力を失うのかもしれない、と、カッツェンカットは陰鬱《いんうつ》に考えた。長く生きれば生きるほど、歳月の重みが増していく。この重みを振りはらうために宇宙空間へと脱出するのだ。だが、不死者の歳月にかぎりはない。いつかは重みに耐えられなくなるだろう。からだは牢獄と化し、精神は逃げ場を失う。なんと恐ろしい！

わたしにもわかるのだから、ネガスフィアの支配者もこのことは知っているはずだ。ゼロ夢の能力を失えば、指揮エレメントとしての価値はなくなる。支配者はわたしを殺すか、次の細胞シャワーを受けられないようにするだろう……

だが、このような思索がいかにばかげたものか、カッツェンカットにはわかっていた。決定はすでにくだされている。かれは失敗した。もうすぐ死ぬのだ。敵に対してなりふりかまわぬ最後の攻撃をしかけたところで、敗北は避けられない。コスモクラートとその一味……無限アルマダや銀河系諸種族、宇宙ハンザ、そして超越知性体〝それ〟。かれらがクロノフォシルをめぐる戦いに勝利した。混沌の勢力すなわち〝カオタークク〟は、クロノフォシルを無効化してフロストルービンの帰還とモラルコードの修復を阻止しようとしたが、いまのところは失敗つづきである。

さらに悪いことに、カオタークのきわめて有力な道具のひとつであるエレメントの十戒は、実質的に粉砕された。

わたしのせいだ、と、カッツェンカットは考えた。わたしは指揮エレメント。銀河系との戦争をひきいたのはわたしだ。十戒の破滅の責任はわたしにある。

かれは悪寒《おかん》をおぼえた。

この失敗を罰するために、いつネガスフィアの支配者はやってくるのだろうか。それとも、すでにきている？　《理性の優位》の船内に？　だからこそ四千年前のあの日の夢をみたのか？　支配者とはじめて会った、あのサーレンゴルトの灰の日のことを？

だが突然、もはや悩んではいない自分に気がついた。不安や死の恐怖を感じてもいいはずだが、どうでもよくなっていた。反抗するかのように、心のなかで吐き捨てる。殺すがいい。エレメントの力が敵を倒せるほど強くはなかったという理由で罰するのなら、罰するがいい。もうたくさんだ。わたしは疲れた。

考えたところで意味がない。状況はまったく変わらないではないか。自分は道具にすぎない。まだ十戒の一エレメントなのだ。この命はネガスフィアからきた不気味な者の手に握られている。四千年前からずっと。

カッツェンカットは怒りをおぼえ、声をあげて笑った。

カッツェンカットはあきらめまじりに考えた。結局のところ、なにも変わっていない。わたしは仕え、したがうのみだ。生きていたいから。だからこそサーレンゴルトの塔にのこった同胞のためには、なにひとつしなかった。だからこそネガスフィアの支配者に服従し、支配者のために次から次へと作戦の指揮をした。ウィ＝ンの偵察隊や、孤立した宙域の住民である遺伝子同盟を相手に、そして最後には銀河系を相手に。わたしはいわれたことをした。持てる手段をすべて投入した。わたしのせいではない。敵のほうが強かった。それだけのことだ。

二本の頸の筋肉が緊張した。直方体の頭をあげる。みじかいメンタル・インパルスを出すと、船載コンピュータが恒星間空間のホログラム映像をうつしだした。ソルとの距離は三十光年。あの恒星はぼんやりとした光点で、銀河系やその中核の強い光が背景となってほとんど見えていない。ここ数時間、《理性の優位》は何度も位置を変えてきた。自由テラナー連盟やGAVÖKの巡視船を避けるためだ。いまは銀河系の辺縁部付近にいる。だが、このセクターにも敵の部隊がうようよしていた。

貯蔵基地の超テクノロジー装備である対探知の楯があるとはいえ、《理性の優位》は安全ではない。テラナーとその一味の科学技術的発展レベルは高く、敵を過小評価すればどうなるのか、カッツェンカットは一度ならず思い知らされていた。そのうえ、あそこには無限アルマダがいる。コスモクラートの宇宙船《シゼル》も。ネガスフィアの支配者でさえ、タウレクがどのような手段を有しているのか、断じることはできないのだ。

カッツェンカットは、敵の宇宙船が《理性の優位》から一光時以内に接近すればただちに位置を変えるよう、船載コンピュータに指示を出した。それから太陽系に集中する。きらめく物質の雲が、ちいさな黄色恒星やその惑星をつつんでいるように見える。その雲は数百万、数千万の宇宙船からなり、恒星間空間にまでひろがっていた。保安上の理由から、船載コンピュータはパッシヴ探知システムしか使っていない。その解析能力は充分ではなく、無限アルマダの編隊や個々の宇宙艦船を洗いだすことはできなかった。何百万年も前から宇宙をさまよってきた、想像もつかぬ規模の艦隊は、ぼんやりとしたままである。データから把握することも、装置で分析することもできない。

数光年のひろがりを持つきらめく雲が、テラナーの故郷星系を宇宙の霧となってつつんでいる。だが、その雲自体が霧の壁の向こうにあるように見える。

アクティヴ探知システムを使ったとしても、詳細はわからないだろう。すでに何度も思い知らされている。一種のハイパーエネルギー・フィールドがアルマダを遮蔽《しゃへい》していて、測定値を変化させるのだ。もちろんゼロ夢のなかで探ることはできる。だが、カッツェンカットは思いとどまっていた。銀河イーストサイドに到着してからというもの、巨大艦隊は強力なプシオン放射の発生源と化している。発生源の場所は特定できていない。無限アルマダ全体に数千も分布しているかのようだ……

ふたたびホログラムに注意を向けた。

太陽系への来訪者は無限アルマダだけではなかった。自由テラナー連盟や宇宙ハンザの部隊のほかに、ここ数週間でテラの盟友の宇宙艦船が四万隻ほど到着している。ブルー族、アコン人、アルコン人、スプリンガー、超重族、トプシダー、ハルト人、テラの旧植民惑星の船団、二百の太陽の星からきたフラグメント船の一団、そのほか由来は想像するしかない大量の宇宙船。はっきりした探知リフレックスが見られるのは《バジス》、ノヴゴロドとダンツィヒの両コズミック・バザール、そしてローランドレだ。

強大な戦力である。

さらに、ヴィールス・インペリウムがあった。直径百光時の巨大なリングとなり、太陽系をつつんでいる。

カッツェンカットは嘆息した。

エレメントの十戒の全勢力をもってしても、太陽系への攻撃は危険だっただろう。だが、もはや十戒は存在しないのである。

そのとき、声が聞こえた。

「おまえはなにをした?」

冷淡な声だ。マイナス宇宙の乾いた氷のように冷たく、虚無から響いてくる。ゼロ夢見者は悲鳴をあげて飛びあがった。色素センサーの赤みが増す。明瞭に聞き、においをかぎ、見ることができる。いままでは温かく安心感のあったものが、にわかに毒々しく感じられた。

「ご主人?」カッツェンカットはあえいだ。「どこにいるのですか、支配者?」

「わたしはおまえのそばにいる」支配者の声がいった。「わたしはつねにおまえのそばにいた。おまえを死から守り、命をあたえた。永遠の命、不死を。だが、おまえはなにをしたのだ、カッツェンカット?」

「ご主人、殺さないでください!」サーレンゴルト人は叫んだ。へりくだって膝をつく。

「わたしのせいではありません! 温情を、支配者!」

司令室が暗くなった。フォーム・エネルギーのグリーンに、影がかかる。その影から……サーレンゴルトの灰よりも暗い影から、一ヒューマノイドの姿があらわれた。敵であるテラナーの姿だ。ネガスフィアの支配者がよりによってこの姿を選んだという事実に、カッツェンカットはおじけづいた。

わたしは生きたい！　カッツェンカットは絶望しながら考えた。望むのはそれだけだ！

「おまえは失敗した」と、ネガスフィアの支配者は応じた。

カッツェンカットは反抗的に頭をあげ、

「そうです」と、大声を出した。「失敗しました。しかし、わたしはただの道具。あなたが自分の道具を殺すつもりなら……覚悟はできています」

嘲笑が応じる。カッツェンカットは猛烈ないきおいで目に見えぬ手につかまれて引きあげられ、フォーム・エネルギー製シートにたたきつけられた。

「おろか者！」ネガスフィアの支配者はどなった。「おまえが死に値《あた》いするのは当然だ！　だが、殺したければとっくに殺していた。そうは思わぬか？　失敗したにもかかわらず、おまえを生かしておくのは、理由があってのことだとは思わぬのか？　忘れるな、カッツェンカット」声をひそめる。「主人はわたしで、おまえは従者だ。かつてわたしが話したことを忘れるな。もしもわたしが死という慈悲をさずけると決めたら、おまえはそれを救済のように思うだろう。だが、まだその時はきていない。まだおまえの働きが必要なのだ、指揮エレメント……」

カッツェンカットのなかで希望が芽生えた。だが、ほんの一瞬だった。これほど無力な自分になにができる？　テラナーとその同盟者を相手に、どのような手が打てるというのだ？

「わたしになにができるのですか？」カッツェンカットはあえぎながらたずねた。「すべてを失ったいま、どうあなたに仕えればいいのでしょうか。時間エレメントは過去の深淵に消え、仮面エレメントは裏切った。冷気エレメントは冷たい群れをこの宇宙に呼びだすのに使いはたし、その冷気生物たちがマイナス宇宙にもどったさい、空間エレメント、精神エレメント、戦争エレメント、超越エレメントもあとを追ってしまった。そしてアニン・アン、あのもっとも忠実で強力な技術エレメントは、テラナーを征服するというまさにそのとき、オルドバンになにやら吹きこまれ、失われました。あとは最後のエレメント、暗黒……」

にわかに理解できた。ネガスフィアの支配者がなにを命じるのか。ずっとわかっていたが、知らぬふりをしてきたのだ。そのような考えはばかげていると思ったから。暗黒エレメントを投入する？　コントロールのきかない事態を招くリスクをとるというのか？

「やるのだ」不気味な者はいった。やさしいとさえいえるほど、おだやかな口調である。遠い星々の光をうつす、支配者と同じほどに黒い目には、残忍さをかくすために好意をたたえた微笑が浮かんでいる。支配者は従者に歩みより、肩に手をのせた。

触れられて悪寒がはしる。いやだ！　カッツェンカットは心のなかではげしくいった。絶対に！　サーレンゴルトの金色の衛星にかけて……そのようなことはするものか！

「やるのだ」ネガスフィアの支配者はささやいた。「ほかに選択肢はないと、わかっているだろう？　これが敗北を勝利に変える唯一の手段なのだ。あまりにも多くのことがかかっている。ペリー・ローダンがエデンⅡに行くようなことになれば……フロストルービンが深淵に帰還し、モラルコードの穴がふさがれたら……それがわたしにとってなにを意味するのか、おまえには想像もできぬだろう、カッツェンカット。何百万年もかけて……巧みで偉大なる計画を練りあげ、戦いに勝利し、やっとのことで勝ちとった歓喜が……！　すべてがむだだったというのか？」

支配者は身をかがめてカッツェンカットを見おろし、ほほえんだ。だが、その微笑は黒い唇に浮かんだのみである。冷ややかな炎が燃えさかる目に、笑みはなかった。

「かれらはわたしを破滅させるつもりなのだ、夢みる友よ」ネガスフィアの支配者はいった。「コスモクラートはわたしを破滅させるつもりだ。わたしを恐れ、憎んでいるから。わたしはあまりにも長いあいだ生きて、あまりにもはげしく戦ってきた。まだ降伏するわけにも、死ぬわけにもいかぬ。敵はわたしからすべてを奪うつもりでいる……わが命、わが世界、わたしの過去までも。わたしという存在のシュプールをすべて消しさってはじめて満足するのだろう。わたしとわが働きの記憶が全宇宙から失われれば。さらに、わたしがだれでなにをしたのか、時間さえもが忘れてしまえば。かれらは劣悪な者たちなのだ、カッツェンカット。物質の泉の彼岸からくる者はすべて、はかりしれぬほど醜悪で慈悲のかけらもない。かれらはわたしを嘘つきだと非難するが、嘘をついているのはかれらのほうだ。嫌悪すべき罪をおかしたとわたしを責めるが、最悪の罪をおかしたのはかれらのほうだ。

敵が勝てばなにが起こるのか、わかるか?」黒い唇がたずねた。「かれらはわたしを侮辱するだろう。どのような知性体も侮辱されたことのないほどに。わたしははるかな天界が見えるほどの高みへとのぼった。無限のはてしない空間を見た。そこでは醜悪な者どもが身の丈なりに王座にすわり、自分と肩をならべようとする者がこの宇宙にいないか、嫉妬深く見張っている。だからこそかれらはわたしを追い、わたしを亡《な》き者にしようとするのだ。わたしにはかれらが、かれらのしていることが見えるから。かれらがはるかな昔になにをしたのか、そして将来のためになにを計画しているのか。

かれらはそれほどまでに思いあがっているのだ!」

ネガスフィアからきた者は一瞬、黙った。その目の黒い鏡が砕け散り、輝く。カッツェンカットは無数の破片に、影のような無数の顔を見た。はるか昔に消えさったもののおぼろげな記憶。顔は無数にあった。だが、その数さえもが忘れさられていく。ゼロ夢見者は突如、理解した。黒い鏡を、異質な目を、麻痺したように見つめる。四千年前から悩みつづけてきた〝支配者はどこで生まれたのか〟という問いの答えを、その目から読みとった。

支配者は、ネガスフィアが生じた場所をかつて支配していた知的生命形態の具象なのだ。〝トリイクル9〟がモラルコードのプシオン性二重らせんからはずれたとき、それに対応する宙域の創造プログラミングが消去された。自然法則が効力を失って物質が崩壊したが、それに順応したのが〝かれら〟だった。そこで生きていたのがだれであれ、なんであれ……ナルツェシュ銀河や銀河系の住民とは違う、異質な存在だったにちがいない。時空の崩壊をもちこたえる力があったのだから。かれらは生きのびるためならどのような代償でもはらう用意があった。自分自身を犠牲にしないため、すべてを犠牲にする用意があった……だが、創造プログラミング消滅のようなカタストロフィを耐えぬけるとは、どのような生命形態だったのだろうか。無に対抗し、混沌に順応できるほど強大であった原初の時代の種族とは、どのようなものだった？

冬の嵐に翻弄《ほんろう》される雪片のように、カッツェンカットの思考が渦を巻いた。ヒューマノイドの姿をまとって目の前に立つ支配者を見て、にわかに理解した。答えは明白ではないか！

あなたがわかりました。支配者の顔のなにもうつさぬ鏡に向かって、カッツェンカットは思考した。あなたがだれで、どこからきたのか、わかりました。伝説しかのこっていない〝古き種族〟の一員だ。宇宙にばらまかれた断片、ヒューマノイドの命を宿した母胎。永劫から、銀河から銀河へとたゆまず移動しつづけ、きょうだいを探し、どこにも同族を見つけることができなかった古き種族。あらゆるヒューマノイド種族の始祖。敵であるテラナーでさえ、あなたの子供たちの子供たちに連なる……

「それは重要ではない」カッツェンカットの思考が聞こえたかのようにネガスフィアの支配者はいった。「重要だったこともない」

「でも、そうなのですね?」ゼロ夢見者は思わずたずねた。「何百万年も前に消えた古き種族。宇宙のあらゆるヒューマノイド種族の原細胞。しかし……」どうすればいいかわからず、手を動かした。「しかし、なぜそのようなことが起こりえたのでしょうか。なぜ、古き種族のような強力な者たちが、その道をたどることになったのですか?」

「古き種族は神話だ」黒い唇が引きつり、よろこびのない微笑をつくる。「そして、おまえはおろか者だ」

「わたしはあなたの従者です」

「わたしがおまえを従者にした」

「ならば、命令してください」ゼロ夢見者は真っ白な頭をあげた。色素センサーは白墨についた血痕のようである。

黒い唇の微笑がひろがった。好意のかけらもなく。

「われわれには時間がない」と、ネガスフィアの支配者。「ポルレイターがフロストルービンにほどこした封印を解くために、ペリー・ローダンが活性化すべきクロノフォシルは、あとふたつだけだ。テラと……エデンII」

「エデンIIを攻撃しろと？」カッツェンカットは驚いてたずねた。「命令はそういうことなのですか？　超越知性体〝それ〟の至聖所に攻撃を？」

「ばかなことを」支配者は叱りつけた。「超越知性体を相手に、おまえになにができる？　〝それ〟にくらべれば、おまえなどアメーバ以下だ、夢みる友よ……そうではない。エデンIIはわたしがこの手でかたづける。おまえにはべつの任務をあたえよう。おまえは、最後のエレメントをテラに投入するのだ」

カッツェンカットはあとずさりした。

「いいか」なかばあわれむようにネガスフィアの者はささやいた。「わたしはおまえにこの任務を強制することはできない。おまえを殺すことはできても、われわれを勝利に導くかもしれぬ行為を実行するよう、強制することはできないのだ」

「恐ろしいのです」カッツェンカットはかすれた声で白状した。「あまりにも危険で……わたしにとってだけでなく、テラナーにとってだけでなく、すべてのものにとって。あなたにとっても」

黒い顔は動かぬままだ。

「むしろ死んだほうがましです！」サーレンゴルト人はわめいた。

「死ぬだろう。拒否すれば」ネガスフィアの支配者はうなずいた。

「したがっても、死にます」カッツェンカットは応じ、ふたつの口の環状筋を苦々しく引き結んだ。四千年……と、頭に浮かぶ。そしていま、死ぬのだ。小声でつづける。

「うすうす感じていました。最後のエレメントは、わたしがはじめて呼んだときからずっとわたしを待っている。あなたでさえも身をゆだねようとはしない場所へ、わたしを引きずりこもうとしているのです」

「とはいえ、まだおまえが意のままに使える十戒のエレメントは、あれだけなのだ」黒い唇が応じる。「増強基地が失われたために、時間凍結者のなかからあらたなエレメントを徴用するのが不可能になった」

「なぜ貯蔵基地のテクノロジーを投入しないのですか？」カッツェンカットはたずねた。

「封鎖フィールド・ジェネレーター、ペド転送機、フィクティヴ転送機のような超技術装置を……」

「貯蔵基地の装備は、わたし自身の目的のために必要なのだ」

「ならば、わたしを殺してください！」カッツェンカットは叫んだ。「わたしにはできません！　もう一度最後のエレメントを呼びだすくらいなら、死んだほうがましだ！

いまでもはっきりとおぼえています。あれがアンドロ・ベータに出現したとき、どんなふうだったか。《バジス》でペリー・ローダンを拉致《らち》したとき……あれはわたしを探していました。わかっているのです。あれがもう数分とどまっていれば、わたしを見つけていたでしょう」

色素センサーは真紅に近い色になっていた。フォーム・エネルギーのグリーンを背景に、支配者の顔が痛いほどはっきりと見える。テラナーの顔つきをした黒い楕円形。最後の言葉につづいた静寂は、引きのばされ、重くのしかかり、耐えられぬほどになった。色素センサーで耳をすますが、フォーム・エネルギーの音楽めいた振動音さえ聞きとることはできない。

「したがえば、自由をあたえよう」支配者はいった。

いや、自由など嘘だ、と、カッツェンカットは思う。苦々しく笑い声をあげて、「最後のエレメントにのまれてしまっては、自由がなんの役にたつのでしょう？」

「その運命はおまえにふさわしいと思うが、逃れる方法はひとつある……指揮エレメントよ」ネガスフィアの支配者の声にはうんざりした気配があった。うんざりして、いらだっている。「ごく短時間のみ呼びだすがいい。おまえがペリー・ローダンをゼロ夢に連れさるまでのあいだのみ、あれがあらわれるよう、留意するのだ。おまえはすでに一度成功している。最後のエレメントの助けがあれば、ふたたび成功するだろう」

「もし、あれがとどまったら？　あれはあらわれるたびに強くなって……」

「それでもおまえは逃げられるだろう。太陽系がどうなろうとかまわん。最後のエレメントによって消滅すれば、それでよし。この攻撃をもちこたえれば、それもまたよし」

ふたたび黒い唇によろこびのない微笑が浮かんだ。「わたしにとって重要なのはペリー・ローダンだ。あの男がクロノフォシルの鍵なのだから。おまえがローダンをゼロ夢のなかで殺せば、コスモクラートはエデンIIを活性化できなくなる。フロストルービンはいまの位置にとどまり、モラルコードも損傷したままだ」

恐怖心がわずかにおさまり、カッツェンカットは考えこんだ。支配者の計画は実行可能だと、理解できるだけの知性はあった。ペリー・ローダンだけが目的ならば……入念に準備をすれば……そうだ、できる！

自由！　と、指揮エレメントは考えた。四千年間、十戒として仕えたのちに……

「だまそうというのではありませんね？」と、かすれた声でたずねる。

「おまえをだましたことなどない」ネガスフィアの支配者はいった。

カッツェンカットは大きく息を吸い、吐いた。

「わかりました。やりましょう。最後のエレメントを太陽系に呼びだし……ペリー・ローダンを殺す……」

黒い唇はほほえんだ。ほがらかな、満足した微笑であった。

2

ハジョ・クレイマン
地球への移入者歓迎

「頭がおかしくなりそうだ！」サイバネティク時計が甲高《かんだか》く叫んだ。耳をつんざく轟音《ごうおん》で、住居タワーが揺れたのだ。「あいつら、このタワー全体を吹き飛ばすつもりなのだ！」

このサイバネティク時計は高さ二十センチメートルの仏像で、皮膚はミッドナイトブルーのバイオプラスト製である。永遠のほほえみをたたえ、頬はふっくらとしている。奇想天外な人工衛星のごとくハジョ・クレイマンの頭上を旋回しながら、腹をかきむしっていた。人間ならばへそにあたる場所に、文字盤と針のついた古風な時計がある。

クレイマンはため息をついた。自宅コンピュータのスクリーンから目もあげずに、年代物のハエたたきで時計を追いはらう。このためにいつも持ち歩いているものだ。

時計は怒ってけたたましくサイレンを鳴らし、天井のすぐそばまで上昇した。

「何年も前から、わたしの時間を使ってきみの時間をはかってやっているのだぞ、ハジョ・クレイマン」時計はわめいた。「そのお礼はなんだ？　教えてやろう。罵倒、威嚇《いかく》、手を使った攻撃。なぜわたしがそのようなことをされなければならない？　どういうわけで、よりによってきみのような人間のところにきてしまったのだろうな？　時計とは、このように暮らすためにつくられているのではないのだよ。時計にはもうすこし違うことがふさわしいのだ。わたしになにがふさわしいのか、教えてやろうか？」

「遠慮しておく」と、クレイマン。「知りたくないから。きみになにがふさわしいのか、知りたい者はこの惑星にはいないんじゃないかな」

「で、この轟音は？」サイバネティク時計は浮遊しながらゆっくりと近づいてきた。ハエたたきのとどく範囲に入らないように気をつけながら。「この爆音はなんだ？　きみの家の又借り人は、ここから追いだされる前に町の半分をがれきの山にしなければ気がすまないのではないか？　ほんとうだぞ、ハジョ。手遅れになる前にあいつら全員をたたきだすべきだ。みなにとってそのほうがいいのだから」

クレイマンはもう一度ため息をついた。自宅の端末でテラニア宇宙港の大ポジトロニクスから呼びだしたデータに集中しようとする。きのうからきょうにかけてのひと晩だけで、九十万人の来訪者……全員がGAVÖK加盟種族の一員で、無期限の滞在許可証が発行されていた。新記録である。そのうえ、流入がやむ気配はない……

「まったく聞いていないようだな」時計がいった。

「そのとおり」クレイマンは低く応じた。「わたしが二時間後にハンザ司令部に行かなければならないことを、きみは忘れているようだな。そこで発表する報告のために、来訪者の最新の人数を分析しておく必要があるんだ。だからじゃまをしないでほしい。いいか？」

さらなる数字の大群がスクリーンにあらわれた。シカゴやベルリンやモスクワの恒星間宇宙港は、数分前にテラ宙航委員会によって超過密状態と宣告され、閉鎖されている。そのため、軌道上で着陸許可を待っていた六百隻近い宇宙船は、南北アメリカやアジアの大宇宙港に向かうことを余儀なくされた。

アフリカの宇宙港も同様の問題と戦っていた。アフリカ上空で静止軌道に入ったすべての宇宙船は、一週間の待機を覚悟しなければならない。

だが、まだはじまったばかりだ、と、クレイマンは考えた。超近代的設備をそなえたテラニアの宇宙港でも、これほどの猛烈な流入には対応できない。冥王星軌道の外側にある監視衛星は、銀河系のあらゆる場所からやってきたあらたな宇宙船の到着を一時間おきに報告していた。何百万もの地球外の友が、故郷世界をはなれてテラに行くと決意したかのようだ。無限アルマダのたくさんの種族までもが銀河系の同盟者のあとにつづいたりしたら、どうなることだろうか。

クレイマンの指が端末のキイボード上を舞った。もちろん音声でも指示はできるが、理由があってそうはしない。口うるさい仏像時計は、かれがほかの機械と話すことを好まないのだ。ただサイバー・ドクターにだけは、音声での通知を許すことがある。

中庭でふたたび轟音が響いた。がちゃがちゃと耳ざわりな音がして、夢の蛾が見せた恐ろしい映像にあったような甲高い爆笑がつづく。

サイバネティク時計がクレイマンの頭のそばを通り、端末のスクリーンに着地した。

「なにを賭けてもいいが、このような騒音は入居者規則に反している。宇宙弁護士として、また異生物心理学者として、どう考えるんだ？　こんな真っ昼間に爆弾をしかける権利が、きみの又借り人にあるというのか？」

「かれらは又借り人じゃなくて、情報提供者だよ」クレイマンは訂正した。「それに、わたしの専門は銀河間の権利問題なんだ。恒星間移民の顧問官さ。〝ムウルト・ミミズはテラ訪問にあたってビザを必要とするのか、それとも食糧管理局の輸入許可で充分なのか？〟といった問題の解決のために、宇宙ハンザから年に六万ギャラクスを受けとっている。賃貸法みたいな微妙なことはわからないよ」

「ムウルト・ミミズとはなにかね？」時計がたずねる。

「なんだって？」クレイマンは驚いて目をあげた。

「ムウルト・ミミズとかなんとかいっただろう」時計は甲高い声で、「それがなんなのか、知りたいのだ」

「さっぱりわからないんだ」クレイマンは白状した。「なんでそんなことを思いだしたのか、自分でもわからないよ」

クレイマンの返事に、時計はけたたましいサイレンで応じた。

「しずかにしてくれ！」クレイマンがどなる。

シャワー室からサイバー・ドクターのくぐもった声がした。

「血圧に気をつけてください、ハジョ。ほんとうに改善したほうがいいですよ。寒冷シャワーと、体調に合わせたオーダーメイドのスペシャル・フィットネス・プログラムはいかがですか？」

「いらない」そうクレイマンは応じ、小声でコンピュータにあらたな指示を出した。

「NGZ四二九年、つまり旧暦四〇一六年二月三日現在、テラに滞在申請をしている非テラ系GAVÖK市民の総数を。移入者の種族を。種族ごとの人数を絶対数と百分率で。無限アルマダ到着の前後における移入者数のデータを。GAVÖK市民権を持たない移入者の数を」

まだ指示を出しているうちに、ひとつめのデータがスクリーンにあらわれた。

結果は予想どおり。

千二百万以上のGAVÖK市民が無限アルマダとともにテラを訪れていた。GAVÖ

Kの規定にしたがい、かれらには移入者として最大限の市民権があたえられる。そのなかにはブルー族の諸部族、アルコン人、アコン人、アラス、アンティ、スプリンガー、超重族、トプシダー、ウニト人、ツァリト人、フェロン人、そのほかGAVÖK加盟の二十の小規模種族があった。それにくわえ、エルトルス、エプサル、シガ、プロフォスのようなテラの旧植民惑星から一千万ほどの移入者もきていた。地球では伝統的に、かれらには最大限の移動の自由があたえられる。さらに、十万名弱のポスビとマット・ウィリーについては、二百の太陽の星がGAVÖKに正式加盟していないため、特例が認められた。また、ハルト人や、アンドロメダやマゼラン星雲のようなほかの銀河の種族から五千名ほど。なかでもテフローダーとグラドとパーリアンは、政治的配慮から特別にGAVÖK市民と同等に処遇される。このため、これらの移入者には無制限の滞在許可をあたえるしかなかった。

クレイマンは渋面をつくった。LFTが滞在許可をとりけすとは思えない。それに、この状況で地球外出身者が数千名増減したところで、どうなるというのだ。テラの宇宙港はダウン寸前、大都市の地球外市民居住区はパンクしかけ、世界じゅうのホテルは百パーセントふさがっているというのに。

すでに最高評議会はテラニア北部に移入者用の移動式簡易宿泊所を設置している。3Dヴィデオ放送局やそのほかのメディアは、地球外の仲間たちを歓迎するよう、一時間おきにテラ市民に呼びかけていた。ありったけの深刻なことを笑い飛ばすと悪名高い《キッシュ》メディア・クルーの〝アルマダ・ショー〟においてさえ、クローン・メイセンハートがテラナーの善良なる心に訴えかけたのだった。

とはいえ、メイセンハートのアピールに効果があるものか、クレイマンは疑問に感じていた。それはこんな内容だった。

「テラの小市民のみなさん！　みなさんはさんざん贅沢を楽しんできた。こんどは星々からきた友の番です！　寝床を用意し、パンや酒を出してください！　みなさんのお金や妻をさしだしましょう！　お礼なんて期待してはいけませんよ！」

これで問題の解決に貢献できると思っているのなら、あの〝韋駄天レポーター〟はどうかしている……

そのとき、三度めの轟音が住居タワーに鳴りひびいた。サイバネティク時計が飛びあがり、天井のすぐ下で宙返りをして強化ガラスの戸棚に着地した。この戸棚には、クレイマンのコレクションである骨董品、旧暦二十世紀のペーパーバックが真空保存されている。英雄コナン、メルニボネのエルリック、ブラン・マク・モーンといった神話的な英雄の人生が描かれた貴重な作品だ。

「地球外出身の爆弾魔を取り締まる法律をつくるべきだ」時計がわめいた。「きみは宇宙弁護士なのだから、ハンザ・スポークスマンやＬＦＴ政府にそういう法案を押しつけるぐらいのことはできるだろう。〝ろくでなし法〟みたいなものを」

「エリュファルとかれの友人たちは、爆弾魔じゃなくてミュージシャンなんだ」クレイマンは応じる。もう一度最後のデータに目を通してファンクション・キイを押すと、統計データが保存されたコイン大のディスクを出力トレイからとりだした。そろそろハンザ司令部に向かう時間だ。ハンザ・スポークスマンや自由テラナー連盟の首脳部が、最新の移入者数やかれの報告にどう反応するのか、気になるところ……

クレイマンが端末の電源を切り、マルチカラーの環境調整スーツを着用すると、サイバネティク時計の仏像が目をらんらんとさせた。スーツの合成繊維の色素が体温で化学変化を起こし、さまざまな色に光る波形の模様がコンビネーションのような服の白い表面をはしっていく。クレイマンは内側の温度を二十度に設定し、満足して鏡を見た。最高にいかしている。

「きみ、まるでオウムだぞ」時計が甲高くいった。「とんでもないことだ。あの爆弾魔がわれわれの家に住みついてからというもの、どんどんおかしくなっているじゃないか」

クレイマンは目を閉じた。英雄コナンの神、クロムにかけて！　いつかこのいまいましい時計を陽電子単位にまで分解してやる。コナンならこのようなことを甘受したりはしないだろう。すぐにかたをつけるはずだ。

シャワー室からサイバー・ドクターのくぐもった声がふたたび聞こえてきた。「血圧です、ハジョ。血圧に気をつけてください。ロケットみたいにはねあがっていますよ。なんとかしなければ。たりないのは運動です。あまり興奮せず、もっとからだを動かすこと」

「ハジョにたりないのは理性だな」時計がいいかえす。「もうすこし理性があれば、われわれの〝至福のわが家〟に地球外の爆弾魔をのさばらせたりなど、するはずはないのだから」

「爆弾魔ですか?」サイバー・ドクターが興味津々《きょうみしんしん》でくりかえした。「ハジョ、警告しなければなりません。人間のからだは爆弾の炸裂に対してきわめて敏感に反応します。この家を爆破させたりすれば、あなたの健康にはいっさい責任を持てませんよ。テラの最新医学でも奇蹟は起こせないんですから」

ハジョ・クレイマンは返事をする気にもなれなかった。〝至福のわが家〟のサイバネティクスと議論をしてもしかたがない。最後に勝つのはいつもロボットなのだから。

地球をはなれたほうがよさそうだ、と、クレイマンは考えた。銀河系に飛びだして、手つかずの辺鄙《へんぴ》な惑星を探そう。押しつけがましいサイバー・ドクターや口うるさい時計のいない世界を。

まわれ右をして強化ガラス戸棚のそばを通り、ドアを開けると中庭に出た。

中庭は八角形だ。壁はクリスタル張りで、住居タワーの中央を地下階から屋上まで直径五メートルのシャフトがつらぬいている。光の反射が天才的に調整され、二十の階層すべてに充分な日光が入るのだ。タイルに蒸着されたクリスタルの結晶構造が、入射する日光を屈折させ、吹き抜けのバルコニーに置かれた植木鉢に赤や青やグリーンのヴェールを投げかけていた。

この植木鉢で、ハシリゴケのコロニーが百以上、越冬している。爆発の轟音は繊細な植物を震えあがらせていた。ハシリゴケはおびえて中庭の空中に飛びだし、大きく口を開いた光シャフトの奈落へと次々に転落していく。

これじゃ〝ジバクゴケ〟だ、と、クレイマンは考えた。

そして隣室のドアに目をやった。驚いて悲鳴をあげる。

ドアに人間のような白い塊りがはりついていたのだ。仰天して、一瞬、八角タワーに住むテラナーが爆風で人間パンケーキになったのかと思った。ところが白い塊りから有柄眼や疑似肢が五、六本生えてくるではないか。

「やあ、ハジョ」マット・ウィリーのムレムルである。「エリュファルが作曲した最新作、どう思います？　銀河を感じませんか？」

クレイマンは額にしわをよせた。

「どの曲のことかな？」

「なんだ、聞いてなかったのですか？」ムレムルはあきれて疑似肢を振りまわした。有柄眼がだらりとさがる。「あの音楽は充分にうるさかったと思いますが」

「きみがいっているのは、耳をつんざく爆音や、調子はずれにがちゃがちゃいう音や、金切り声めいた爆笑のことじゃないよな？」

マット・ウィリーはプロトプラズマのからだを地面にぽとぽと押しつけながら、ちょこまかとクレイマンに近づいてきた。

「たしかにエリュファルのミニマルミュージックは万人受けするものじゃないですが、芸術は既成の聴覚習慣を志向してはなりません。平均的テラナーの曖昧《あいまい》な嗜好に合わせていたら、どんな芸術も死んでしまう！」

隣りのドアが横にスライドして開き、背が高くほっそりとした影が中庭にあらわれた。ブルー族特有の皿頭がある。エリュファルだ。クレイマンに挨拶がわりの目配せをすると、

「ああ！」と、声をもらす。「わかっていたとも！　わが最新作の甘き調べが、石と化したきみの法律家魂にも触れたのだろう！　よろこびの多彩な被造物にかけて……きょうはわが人生最高の日だ！」

「ほかの日はどうだったのか、聞かないほうがいいんだろうな」クレイマンは小声でいった。

「ぞっとするものだった」エリュファルは認めた。「なによりも、ガタスの大型戦艦《トリュリト・ティルル》で首席通信士としてすごした日々は。わたしは大いなる倒錯者シ＝イトの指揮下にいた。あれはまさに殉教と呼ぶべきものだった。シ＝イトがヴリジン星系で技術エレメントの《マシン》船とともに爆発していなかったら、わたしは自分の音楽的才能を発見できていなかったはず」

ブルー族がもうひとり、エリュファルのかたわらにあらわれた。もと首席通信士よりも背が低く、でっぷりとして、まんまるに近い腹がコンビネーションをふくらませている。《トリュリト・ティルル》のもと料理長、ラ＝グーファングである。

「エリュファルのいうとおりだ」ラ＝グーファングがさえずるように、「シ＝イト艦長は全乗員の心身の健康を危険にさらしていた。とくに、わたしがプリイト・スープにムウルト・ミミズをこっそり入れたと思いこんでからは」

「ムウルト・ミミズだって？」クレイマンは驚いてブルー族を凝視した。

「イーストサイド特産の高級食材だ」と、もと料理長は説明した。「残念ながら疑似知性があって、長々と議論してからでないと食べられない」

「ほんとうなのか？」クレイマンはいった。こんな謎めいた答えでは糸口にもならない。

「ほんとうもなにも」と、エリュファル。「ズュルドュドュル・ナッツもひどいものだが、ムウルト・ミミズは……」

マット・ウィリーが気を引こうと有柄眼を振りまわした。

「ズュルドュドュル・ナッツって、なんです？」と、たずねる。

「銀河系の食糧市場にあるもののなかでも、きわめて危険なのだ」エリュファルが応じる。「もちろん味は比類ないのだが、十にひとつは中毒を起こす。これを食べたら……そうだな、わが最悪の敵であっても、ズュルドュドュル・ナッツにあたればいいとは思えないくらいだ」

「よくわかりません……」マット・ウィリーがいいかけたが、クレイマンがさえぎった。

「半時間後にハンザ司令部へ出発する。いつまでもどこかの宇宙珍味の話をしている場合じゃないんだ。カーソン・トリトンとグラン・ディクとクロク＝クロクはどこにいる？」

もうひとつドアが開き、クロク＝クロクが出てきた。トプシダーのまるい目がダイヤモンドのように光っている。半透明のズボンの尻には筋肉質な尾を入れる袋がついていた。頸には金の糸でできているかのような、よだれかけに似た布を巻いている。茶褐色の鱗《うろこ》でおおわれた肌には、ニスを塗ったようなつやがあった。

トプシダーは無言のまま、ムレムル、エリュファル、ラ＝グーファング、ハジョ・クレイマンと見ていった。それからトカゲ頭をまわして、さっと振りかえる。と、長さ四十センチメートルのジェット橇《そり》が光シャフトから飛びだしてきた。エンジンが甲高い音をたて、逆噴射ノズルから指の太さの閃光がはしって急制動がかかる。橇に乗っているのはグリーンの肌の侏儒《しゅじゅ》……カーソン・トリトンだ。シガ星人の研究者兼発明家で、ジェット橇レースを何度も制覇している。

トリトンは指ぬきサイズの拡声機を持ちあげ、口に当てた。

「クレイマン！」増幅された声が中庭に響きわたる。「すぐにきてくれ！　グラン・ディクが正気を失った！　屋上からアヒル池に身を投げるつもりだ。それが、あの皿頭の尻軽女ふたりとくだらない賭けをしたせいだっていうんだから……」

クレイマンは一瞬、目を閉じた。すべてはただの夢かもしれない。そう願った。夢の蛾は地球を去ったと思いこんでいるだけで、まだあの幻の世界にいるのかも……

「ギュルガニィとユティフィは、きみに尻軽女呼ばわりされたと聞いたら、いい顔をしないだろうな」エリュファルがさえずるようにいうのが耳に入った。

「ならば、聞かせたほうがいいのではないか？」トリトンが威嚇するように応じる。

クレイマンは目を開けた。

「もう充分だ！」と、鋭くいい、「いまはもめている場合じゃない。わたしはディクを見てくる。全員、二十分後にグライダーの前に集合すること。いいか？」

異星からの移入者たちは知らん顔をした。クレイマンはまわれ右をして反重力シャフトに跳びこみ、上へ向かう。まったくディクときたら！　かぶりを振りながら考える。

なにかやると思っていた!

屋上で強い日光に迎えられた。まばたきをする。グラン・デイクはどこだ? 遠くで、くぐもった轟音がやむことなくつづいている。晴天の雷のようだ。クレイマンは北に目をやった。駐機場の向こうに、テラニアの地球外出身者居住区ガーナルが見える。市当局は緑地のほとんどに移入者用の簡易宿泊所を設置していた。その仮施設がまぶしいほど明るい地平線までひろがっている。

まばゆい光を発しているのは、恒星間宇宙港のエネルギー着陸グリッドである。アプローチする宇宙船は、高高度にあるうちにエンジンを停止させ、着陸グリッドに身をゆだねなければならない。それから牽引ビームで、数百平方キロメートルもの地区をおっているドックに誘導されるのだ。

宇宙港の上空でごくちいさな点が大きくなり、スプリンガーの転子《ころ》状船とわかった。シリンダー形の宇宙船は着陸グリッドのエネルギー・ネットに乗った。だが、グリッドはまたたき、一秒ごとに光を弱めていく。

クレイマンは息をとめた。

突如としてスプリンガー船の船尾からまばゆい光輝がはなたれた。船長が着陸グリッドの不調をすばやく見ぬき、インパルス・エンジンを短時間噴射させて緩衝地帯からの脱出を試みたようだ。巨船はじりじりするほどゆっくりと旋回した。着陸グリッドの光は弱まるばかりである。スプリンガー船はきりもみ状態になりかけ、ふたたびインパルス・エンジンが光をはなった。

さらに東、青い天穹《てんきゅう》から大きな鋼製の雨粒が落ちてきた。アコン人の球型巡洋艦である。スプリンガー船が突然、跳ねたように見えた。アコン艦に突進する。だが、転子状船はあっという間に黒い点となり、宇宙空間に消えていった。

アコン艦は下降をつづけ、宇宙港の輝くタワー群にのみこまれる。

しかし、なにもない状態が長つづきすることはない。

次から次へと宇宙船が着陸し、離陸していく。ブルー族やアルコン人、超重族、アンティ、アラス、トプシダーの宇宙船。LFTの球型艦。エルトルス、エプサル、プロフォスなど多彩な星々の植民者の子孫が乗った船。宇宙ハンザの楔《くさび》型宇宙船に、ポスビのフラグメント船。

移入者の流入は、とどまるところを知らずにつづいている。

住居タワー屋上の反対側から、吼《ほ》えるような爆笑が聞こえた。地表に近い軌道へともどってきたスプリンガー船のエンジン音と同じほどうるさい。その爆笑がクレイマンを物思いから引きもどした。

グラン・ディクだ！

きびしい顔で走りだす。反重力シャフト横の発着場で乗客を待つグライダーのそばを通り、息を切らしながら屋上の反対側に出た。

腰の高さの幅ひろい欄干《らんかん》の上に、黒い肌の怪物が立っていた。四本腕をすべて伸ばしている。柱のような足を踏み鳴らし、鋼のようにかたい欄干の合成素材に深い穴をあけていた。ハルト人のグラン・デイクだ。片手に花柄の傘を持っている。ひとりではなかった。すこしはなれたところ、排気管の陰で、女ブルー族ふたりが反重力プレートにすわって甲高くさえずり、ハルト人をはやしたてている。

「グラン・デイク！」クレイマンは叫んだ。

ブルー族ふたりは黙った。ハルト人は耳をつんざくように爆笑し、鈍重に振りかえると、驚いてクレイマンを見た。ふたたび笑い、うれしそうに傘を揺らす。

「クレイマノス！」ハルト人が声をとどろかせた。「わが唯一の、はじめてのテラナーの友よ！　きみも見るのか？　きみも賭けるか？」

クレイマンはブルー族ふたりをにらみつけた。

「こんな真っ昼間に身投げするなんてばかなことをグラン・デイクに吹きこんだのは、きみたちのうちのどっちなんだ？」

女ブルー族はさえずるように反論した。

「わたしはただ、屋上から池に飛びこむなんてばかみたいだけど、ものすごい勇気の持ち主だとは証明できるといっただけよ」ギュルガニイが弁解した。ラ＝グーファングやエリュファルと同じく、彼女もつい最近までガタスの大型戦闘艦《トリュリト・ティルル》の乗員であった。

「それでわたしは」もうひとりの女ブルー族、ユティフィがつけくわえる。「命をかけてジャンプするぐらいばかだけど勇気ある者なんて、いないほうに百ギャラクス賭けるといっただけよ。理屈だけの話だったの。グラン・ディクが聞いてるなんて思いもしなかった。信じられないなら本人に訊いたらいいわ！」

ハルト人はまだ花柄の傘を揺らしている。

「ふたりのいうとおりだ、クレイマノス」と、大声で、「わたしはグライダーのあいだに寝転がって、雨を待っていた。すると、この美女ふたりが屋上にやってきたんだ。ふたりが賭けの話をしたあと、わたしは姿を見せた。ものすごく頭がいいだろう？」

ディクは笑い、柱のような左足を踏み鳴らす。鍛造ハンマーで打たれたかのように欄干が揺れ、はげしくきしんだ。ハルト人のあまりの重さに崩れてしまう。ディクは叫び、酔っぱらいのようによろめいたが、なんとかバランスをとりなおした。

「この修理には数千ギャラクスかかるんじゃないかしら」と、ユティフィ。

「いいかげんに跳んだらどうなのよ、ディコス」ギュルガニイがさえずるように、「賭けに勝つのはあなたかもよ。百ギャラクスあれば、すくなくとも一部は弁償できるんじゃ……」

「もうやめろ」クレイマンが鋭くいった。「だれかがこの屋上から跳びおりて死ぬだのなんだの、そんなことを見すごすわけにはいかない！　きみたちはふたりとも恥を知るべきだ。グラン・デイクの若さゆえの無分別につけこんで、常軌を逸したギャンブル熱をあおろうとするなんて！」女ブルー族たちを刺すように見る。「忘れないでくれ、デイクは未成年なんだ」

「おい！」ハルト人の声がとどろいた。「だれが未成年だといった？　わたしは二週間前に九十歳になったんだ！　きみの三倍も年をとってるんだぞ、クレイマノス」

「正直に話そうじゃないか、デイコス」クレイマンは低くいった。「きみは未成年だ。九十歳の大きな赤ん坊だよ。ハルト人が五百歳になってはじめて成人することは、どんなばかだって知ってる。現状ではきみには後見人が必要で……わたしが後見人なんだ」

「あなたに後見されるぐらいなら、死んだほうがいいわ」ユティフィがさえずった。

「あなたに後見されるぐらいなら、生まれてこないほうがよかったわ」ギュルガニイが重ねていう。

「納得できるか！」ハルト人は怒りをこめてわめき、猛獣のような歯列をむきだした。岩や金属さえも砕ける歯である。「わたしの計画脳が考えるには、そんなのはただの心理トリックだ。きみはわたしの勇気をくじこうとしている、クレイマノス。宇宙で待っている冒険に行かせず、英雄的行為をするチャンスを奪おうと……」

「クレイマンはいやなやつよね、デイコス」ギュルガニイが調子を合わせる。

「シ＝イト艦長よりひどいんだから」ユティフィがさえずるように、「シ＝イトとクレイマンがものすごく気が合うほうに、賭けてもいいわ」

宇宙弁護士はあきらめた。どうしようもない。どれほど理性に訴えても、はじめから負けは決まっている。いちばんいいのは、すぐにハンザ司令部に向けて出発すること。仕事をできるだけ早くかたづけて、どこへともなく旅に出よう。あと何日か〝われらが地球外の友〟といっしょにいたら、神経がまいってしまうだろう……

「ハンザ司令部に出発するぞ」クレイマンはいった。「つづきは公聴会が終わってから話そう。行儀よくしてくれよ。なにしろきみたちは、二千万以上いる移入者の代表なんだから。これは義務だ」

クレイマンは背を向けると、待機しているグライダーまで歩いた。北で、空の青とエネルギー着陸グリッドの輝く白とのあいだで、ブルー族の宇宙船二隻が着陸しようとしていた。さらに北方では、デルタ形の物体の群れが雲ひとつない青空を暗くしている。軌道上の大型恒星間旅客船と宇宙港とのあいだを往復する連絡用小型艇である。

クレイマンは背筋が寒くなった。

テラニアからは消えたほうがよさそうだ。ヒマラヤのどこかで無人の谷を見つけ、無限アルマダが太陽系を去るまでそこですごそう。

だが心中ひそかに、アルマダが飛びされれば移入者問題は解決するとは思えないでいる。もしかしたら、と、クレイマンは考えた。もしかしたら、ペリー・ローダンがクロノフォシル・テラを活性化したとたんに状況が変わるかもしれない。みながそれを待っている。クロノフォシルが活性化すれば、なにか決定的な変化が起こると、みなが知っているのだ。二百の太陽の星の生体ポジトロン・ロボットは人間的な感情を持つ機械生物に変貌し、ブルー族は芸術家種族になった。さらに、ブルー族の爆発的人口増加の原因であった極端に高い出生率が低下したという報告もある。

ならば、銀河系の盟友が大量に流入して生じた問題も、クロノフォシル・テラの活性化によって解決するのではないだろうか？

いや、そもそも関係があるのか？　なぜ何十万ものブルー族や、スプリンガー、アコン人、ウニト人、アルコン人は、故郷を、家族や友人を、仕事やこれまでの人生をなげうって、無限アルマダとともにテラへ向かおうと思ったのだ？　なぜ銀河系の何百万もの住民が漠然とした不満をつのらせ、日一日と過去を捨てさるようなことになったのだろうか。

かれらは、なにを待っている？

グラン・デイクは、エリュファルは、クロク＝クロクは、ムレムルは、なにを待っているのだろうか？

もちろん、宇宙の奇蹟への憧れがかれらを駆りたてているのだろう。だが、なぜテラに？　無限アルマダがここにいるから？　これからもアルマダを追っていくつもりなのだろうか？

違う、と、クレイマンは考えた。そんなことはありえない。ため息をついて北に目をやる。ウニト人の宇宙船が、着陸しようとしていた。

3

ペリー・ローダン
遠い星々の呼び声

ペリー・ローダンは不穏な気配が迫っているのを感じた。ハンザ司令部の地下深くにいても、その感覚は消えない。もっとも古くからの友や、心から信頼する者たちの輪のなかにあっても、命の危険が生じつつあるという懸念はぬぐいきれなかった。

夢の蛾との心理戦が尾を引いているだけかもしれない。不死者はそう考え、安心しようとした。テラ全土を襲った悪夢の幻影を思いだすと、戦慄がはしる。夢の蛾、つまりアニン・アンの脳は、テラのメディアを介して暗示作用のある恐ろしい映像をまきちらし、数十億の人間を夢遊病者に変えてしまった。やがて恐怖の幻影が驚くべき現実となる。地球のメディアのエネルギーからハイパーエネルギーのエッセンスがとりだされ、カッツェンカットによって操られたのだ。その力はあまりにも強大で、カッツェンカットはローダンをゼロ夢に引きずりこむことにさえ成功したのである。

ヴィーロチップ内の前衛騎兵の働きがなかったら、〝スウィンガー〟の思わぬ応援がなかったら、そしてなによりもオルドバンの介入がなかったら、指揮エレメントが勝利をおさめていたことだろう。テラの住民が死にいたる眠りの呪いから目ざめることはなく、クロノフォシル・テラの機能も失われていたはずだ。

ローダンは懸念を追いはらった。

もはやテラに夢の蛾はいない。かれらは去ったのだ。アニン・アンはオルドバンのプシオン性の呼びかけに応じ、アルマダ種族の共同体に帰還した。かれらはサイボーグとして生きるという夢をかなえるため、はるかな昔に無限アルマダをはなれていたのであった。

エレメントの十戒には、勝ったも同然だった。

ローダンは目だたぬように会議ホールを見わたした。

ここがアジア中心部にあるテラニア・シティのビル群の下、地下数千メートルの場所だと示唆《しさ》するものは、なにひとつなかった。ホールは明るくひろびろとし、ホログラムを見ればますます地下だとは思えなくなる。おだやかに地平線まで波打っている草原のリアルな映像が、壁をかくしていた。テルコニットの丸天井は、夏の青い空とヒッジ雲の向こうに消えている。

ホールの中央に演壇があった。何重もの同心円状になった浮遊シートが、空中でゆっくりと円を描きながら演壇をとりまいている。

LFTと宇宙ハンザの首脳部は、ほぼ全員が出席していた。移入現象、つまりGAVÖK市民の数百万名の流入を分析し、説明をつけ、できれば解決策を見いだすために。

ハンザ・スポークスマンはレジナルド・ブルをはじめ、ロワ・ダントン、ホーマー・G・アダムス、ジェフリー・アベル・ワリンジャー、ガルブレイス・デイトン、イルミナ・コチストワ、ジェニファー・ティロン、ロナルド・テケナー、ジュリアン・ティフラーがいる。かれらの一部は自由テラナー連盟政府の要職も兼ねていた。そしてコスモクラートのヴィシュナとタウレク。細胞活性装置保持者のミュータントはグッキー、ラス・ツバイ、フェルマー・ロイド。さらに、ストロンカー・キーン、デメテル、イホ・トロト、スリマヴォ、ローランドレのナコールといった地球内外の重要人物たち……もちろん、ゲシールも。

妻の姿を目のはしで認め、ローダンの顔を微笑がかすめた。だが、すぐに笑みは消える。

友や信頼する仲間の全員がここにいるわけではない。

もっとも重要な者が二名、いなかった。アトランとジェン・サリクである。一年以上も前、つまりNGZ四二七年十月に、ふたりはカルフェシュとともに謎の深淵へと出発した。フロストルービンが本来あった場所だ。その後、ローダンが手にしたかれらの生存の唯一の証拠は、クロノフォシル・アンドロメダ活性化のさいに得たヴィジョンである。異質で未来的な大都市スタルセンの中心部の映像。町の大通りで、アトランとジェン・サリクが馬ほども大きいハムスターのような騎乗動物の背に乗っていた。そして、あの山。はかりしれない高さを持つ黄金の山……創造の山。

ローダンは唇を引き結んだ。

あのアルコン人は、ほかのだれよりも死の危機を生きのびてきた。深淵の危険も乗りこえるにちがいない。そしてジェン・サリクは、地味な外見にもかかわらず、深淵の騎士なのだ。

そうとも、と、ローダンは考えた。かれらはやる。アトランやジェン・サリクのような男たちが死ぬはずはない。アルコンの首領が永久に目を閉じるような事態になれば、全宇宙が崩壊することだろう。

ローダンは浮遊シートにゆったりと腰かけ、移入現象を法的な観点から説明している発言者を高みから見おろした。報告は終わりに近づいている。

クレイマンか。ハジョ・クレイマン。宇宙弁護士兼異生物心理学者で、宇宙ハンザの顧問官である。

ローダンはクレイマンの発表を話半分に聞きながら、ホールの後方で公聴会を聞いているそのほかの出席者に目をやった。ハンザ・スペシャリストと、専門家や科学者たちだ。

知った顔もいくつかあるが、ほとんどは知らない。最前列にはメディアの代表にまじって《キッシュ》のクローン・メイセンハートがいた。ジャーナリストはいつものように通信服を身につけている。ローダンの視線に気づくと、大きな笑みを浮かべ、右手の指でVサインをつくってみせた。

メイセンハートのうしろにいるのは、一ハルト人だ。動きまわる砂漠の岩のようにがっしりとし、見のがしようがない。四本腕の巨人とくらべると、その横にいるブルー族四名や一トプシダーは侏儒さながらだ。ハルト人は奇妙なことに、橇に似た帽子をかぶっている。

ローダンはとまどってまばたきをした。

やがて、あれは一種の乗り物らしいと合点がいった。ジェット橇だ、と、思いだす。ジェット橇レースはシガで人気のスポーツのひとつ……ならば、ハルト人の右肩にある判然としないグリーンの点は、シガ星人なのだろう。

「……ここでわたしの報告をまとめたいと思います」クレイマンはいった。「無限アルマダが銀河イーストサイドからテラに向かう途上で、これまではかくされていた、多くの銀河系住民の憧れと願望を目ざめさせたのは明らかです。何十万、いえ何百万ものGAVÖK市民が一夜にしてそれまでの人生を放棄し、無限アルマダのあとを追ったわけです。これにアルマダ・ショーが部分的に貢献したのはまちがいないとはいえ、ショーは引き金にすぎず、原因ではありません」

「その男をつまみだしてくれ」メディア代表席から声がした。「どんなヴィデオ・フリークだって知ってるさ。われわれこそがアルマダをアルマダにしたんだってな！」

宇宙弁護士は、やじを無視してつづけた。

「わたしはこの……蔓延している遠方への憧れについて、心理的な原因を深追いするつもりはありません。しかし、これだけはたしかです。あらゆる銀河系種族の、少数派とはいえ大勢の市民が、文明が高度に発達した惑星での生活に満足していないということ。アルマダ・ショーで的確に表現されていた、非凡な経験への欲求や〝宇宙の奇蹟〟への憧れは……」

「《キッシュ》メディア・クルーのアルマダ・ショーで、だろう」さっきと同じ者がふたたび、やじを飛ばす。「その表現はわれらが天才的コメンテーター、ワンジャングが考えたんだ」

「……つまり、遠い宇宙へのこの憧れが」クレイマンは平然とつづけた。「旅立とうという雰囲気を銀河系全体に生じさせ、テラに何百万というあらたな市民をもたらしたのです。移入の波はとどまるところを知らず、今後も増えつづけるとすべてが示唆しています。最新の数字によれば、現在、毎日およそ百万名の非テラナー系GAVÖK市民に対して無期限の滞在許可証が発行されています。念のためにいうと、テラで。金星や火星や太陽系の衛星では、このようなことはほぼ起きていません。アルマダを追って地球に流入するテラナー系のGAVÖK市民の数は、非テラナー系市民の倍となっています」

クレイマンはみじかく間をおき、演壇のポジトロニクスを操作した。頭上にホログラムがあらわれ、宇宙弁護士の最後の発言をカラフルなグラフや表でしめした。

ローダンはそちらにちらりと目をやった。すべての曲線が急勾配で上に向かっている。ここ数日テラの宇宙港で目にした光景を考えれば、驚くべきことではない。

「わたしは法律家としての見解をもとめられました」クレイマンはいった。「流入をとめられるなんらかの法的手段があるかどうか、知りたいというわけで。さて、回答は明確です。GAVÖKに正式加盟している種族の一員である市民はすべて、あらゆるGAVÖK種族のあらゆる惑星において、完全な移動の自由を有しています。つまり、すべてのテラナーが時を問わず、本人の望むかぎりにおいてアルコンやガタスやアラロンに移住できるのと同様に、すべてのブルー族やウニト人やアコン人は、テラを居住地に選ぶことができるのです。

どのようなかたちであれ、この移動の自由に制限をもうけることは、明らかにGAVÖKの規定に反します。法的根拠がないのです。さらにいえば、倫理的に正当化するのも不可能です」

ジュリアン・ティフラーが発言をもとめて合図をした。身を乗りだす。

「しかし、われわれは例外的な状況にある」と、反論した。「テラの宇宙港はパンク状態だ。何百隻もの宇宙船が地球の周回軌道に入り、着陸許可を待っている。さらにその三、四倍が火星・木星間で待機中だ。銀河系のあらゆる主要惑星からテラにくる定期便は、数週間先まで満席。大手の銀河間宙航会社はすでにスプリンガーの船室を押さえて、問いあわせに対応できるようにしている。状況はどんどんエスカレートしているのだ」

首席テラナーは手を動かし、つづけた。

「問題は、来訪者数が急激に増加していること。ごく短期間に、あまりにも多くの来訪者だ。どこに泊める？ 食事の世話は？ そのほかの生理的欲求をどう満たす？ 当然だが、われわれには」クレイマンの反論に先手を打って、「すべてをまかなえるだけの技術力も組織力もある。だが、時間がたりない」

「そのとおり」ホーマー・G・アダムスがうなずいた。「考えてもみてくれ。部屋を確保し、日に三度の食事を用意するだけではすまない。ブルー族の生理的欲求は、マット・ウィリーやウニト人やアルコン人のそれとはまったく異なる。五十や百もの多様な種族から何十億もの客人がきているのだぞ？」

クレイマンは肩をすくめた。

「それでも法的には、GAVÖK市民のテラ滞在を拒否する手段はありません。ところで……」クレイマンは冷ややかに微笑した。「これに関連して指摘しておきたいことがあります。太陽系で、恒星間大転送機が一時停止されていますね。これはGAVÖKの規定に反します。人員移送用の転送機のみが停止しているためです」

ペリー・ローダンが手をあげた。

「その指示をしたのはだれだ？」鋭くたずねる。

「わたしです」と、ガルブレイス・デイトン。「ホーマーが、そうしてほしいと……」

「保安上の理由からです」アダムスが説明する。「つまりその、カッツェンカットが転送機による移送を妨害するのでは、という指摘があり……」ローダンの表情に気がついて、ちいさく咳をした。「ま、ほんとうの理由は、もちろん状況がいま以上にエスカレートするのを防ぐためでして」

「当然だな」ローダンが皮肉をこめてうなずく。

「わかりました」アダムスは嘆息した。「ガルブレイスが了承するのであれば、この処置はとりけしましょう」

「かれは了承している」ローダンは断言した。「そのような処置をとれば、銀河系の友や同盟者たちが腹をたてるのは当然だろう。つい最近、ポスビやブルー族がどれほどの犠牲をはらうことになったかを、あらためて指摘しておきたい」

「それに、この問題はおのずと解決するでしょう」クレイマンが口をはさんだ。「ひょっとして、まとまった数のテラナーがよそに移住するからというのではなかろうな？」聞きのがしようのない皮肉をこめて、アダムスが低くいった。

「それも予想されることのひとつですが、そうはならないでしょう」と、宇宙弁護士。「現在の移入は、定住に向けた動きではないと確信しているからです。すでにテラに到着した、あるいはこれから到着するであろう数百万のGAVÖK市民に、長期滞在の意向はありません」

クレイマンが合図をすると、さっきローダンが目をとめたハルト人が、足音をとどろかせて演壇に近づいた。

「こちらはグラン・ディク」クレイマンが紹介した。「地球外からの移入者数百万名のひとりです。移入者を代表して、テラにきた理由を話してもらいたいと依頼しました」

腕が四本ある巨人が、赤い目をぎらつかせながらゆっくりとからだをまわした。イホ・トロトの姿が視界に入るとためらったが、そのまま振りかえってローダンの目をまっすぐに見た。

「わたしはグラン・ディクです」ハルト人は声をとどろかせた。「たくさんの同族の者と同じく、無限アルマダを追ってテラまできました。だが、テラはただの通過点でしかありません。わたしを招いているのは宇宙だから。宇宙が呼んでいる。その呼びかけに、わたしは知らん顔できない。わたしは生きたい。だれも見たことのない世界を見てみたい。宇宙の奇蹟を経験したいのです。危険などにひるまず、死も恐れません。あの向こうには何千億もの銀河があって、それぞれに何千億もの恒星がある。わたしはそこに行きたい。そこで長いあいだすごし、いつかもどってきて、自分が見た奇蹟の話をしたい……」

ローダンは考えた。よくわかるとも、グラン・ディク。わたしにも身におぼえがある。その憧れ、きみを駆りたてる胸のざわめき。二千年前、わたしはきみと同じように星々の呼び声を聞いた。わたしはそれを追い……いまも追いつづけている……

クレイマンは報告を終え、ハルト人とともに演壇をはなれた。それから数時間、専門家たちが次々に登壇した。夢の蛾の攻撃で生じた損害について。無限アルマダが銀河系を通過したのちの銀河政治情勢の分析について。最後に、宇宙ハンザ再編をめぐる比較的長い申し送りがあって、公聴会は終わった。

その後、ローダンとタウレクは隣室にさがった。

会議ホールでは宇宙ハンザとLFTの首脳部が議論をつづけていた。重大な問題も懸念も、充分すぎるほどにあった。ヴィールス・インペリウムはいまなお、容量の大部分をほかの目的に使っている。その目的とはなんなのか、コスモクラートにも前衛騎兵にもヴィーロチップにもわからないのだ。

さらに危機的状況はつづいている。アニン・アンが十戒を離脱してカッツェンカットはほぼすべての攻撃手段を失ったとはいえ、敵のもっとも重要な最後の基地であり、超技術の武器庫でもある貯蔵基地がどうなったのか、だれにもわからないのだ。ネガスフィアの支配者が今後どう動くのかも予想がつかない。それにくわえて、カッツェンカットの手にのこった唯一のエレメント、暗黒エレメントとは、なんなのだろうか。NGZ四二七年十二月、ペリー・ローダンと《バジス》の乗員はそれに遭遇した。暗黒エレメントに守られて、カッツェンカットがローダンを拉致したのだ。だが、あのエレメントの能力は、あらゆる電磁放射やハイパーエネルギー放射を吸収することだけなのだろうか。

また、無限アルマダはこれからどうなるのか？　どれほどの期間、太陽系にとどまるのか？　この点について、ナコールは沈黙したままだ。ハンザ・スポークスマンのあいだでは、アルマダ王子自身も答えを知らないのではないか、という声があがっていた。そして、なによりも、最後のクロノフォシルであるエデンⅡは、どこにあるのか。あの人工惑星の現在位置を知る者はなく、〝それ〟はまだなにもいってこない……

隣室のドアが背後で閉まったとき、ローダンはさしせまった疑問のすべてをも閉めだせたような気がした。疑問のすべて……ただひとつをのぞいて。

もっとも重要だと感じる疑問をのぞいて。

ローダンはゆっくりと振りかえり、タウレクを見た。コスモクラートの顔には、なんの表情も浮かんでいない。ただ、黄色い猛獣の目は愉快そうにきらめいている。

「わたしがなにを訊きたいのか、わかるな？」ローダンはいった。

タウレクはうなずいた。

「わかるとも。だが、答えは知らない。クロノフォシル・テラの活性化は……」

「決めるのはあなただと思っていたが」テラナーは小声でいった。「これまでは、その瞬間をあなたが決めて、わたしを助けてくれた」

謝罪するようにタウレクは両手をあげた。

「申しわけないが、状況が変わってしまった。あのときフェルト星系で受けとっていた炎の標識灯のエネルギーが、消えたのだ」

「消えた？」ローダンは訊きかえした。「だが、エデンIIはどうなる！　最後のクロノフォシルの準備をしなければ！」

「もしかしたら、その任務はべつの者が……」

「もちろんそうだろう」テラナーは鋭く息を吐いた。「わたしが知りたいのは、それがだれかということ」

「いい質問というのは答えへの第一歩だ」タウレクがほほえむ。

「名文句だな」ローダンが低く応じる。「しかし、わたしが問いをたてたところで……」

だれが答える？」

突然、背後で騒がしい音がした。甲高い声がいう。

「だれがすべてに答えられるのか、わたしは知っています、テラナー！」

ローダンはいきおいよく振りかえった。ドアが開いたわけではない。だれもこの部屋に入ってきてはいなかった。それでもわずか数メートルはなれた場所に、なかば壁にもたれながら、ガタス艦隊の宇宙服を着用した一ブルー族が立っていた。片手で軟骨の頸をかき、もう片方の手には缶をひとつ持っている。

テラナーはタウレクに目をやった。コスモクラートは悠然と楽しげな顔をしている。かれはこのブルー族を知っているのか？　この男を待っていたとでも？　ローダンはふたたびブルー族を見て、鋭くたずねた。

「すべてに答えられるのは、だれなんだ？」

ブルー族は笑った。アヒルががあがあと騒いでいるような声だ。

「ミミズですよ。この缶のなかにいる」と、さえずり、ふたたび笑った。があがあというばかみたいな声に、べつの者の哄笑《こうしょう》がまざる。ローダンがあまりによく知っている響きである。

〝それ〟だ！　ローダンは考えた。

そして、世界が崩壊した。

4

クローン・メイセンハート
レポーターの無謀なたくらみ

　もちろんリスクはある。だがクローン・メイセンハートは、テラの小市民として安穏と暮らすために星間ジャーナリストになったわけではない。

　本能が語りかけていた。ここハンザ司令部の鋼製の地下深くで、かつてないトップクラスのセンセーショナルなストーリーが待っていると。

「受信は明瞭だ」通信服のハイパー通信機からタルドゥス・ザンクの声がした。ザンクはテラニア上空の静止軌道で《キッシュ》船内にいて、メイセンハートのヘルメット・カメラが送る映像をチェック・モニターで追っているところである。「捕まるなよ、クローン」と、つけくわえた。

「心配するな」メイセンハートは低くいった。「生まれてから一度も捕まったことなんかない。それに、捕まってもこのルポルタージュに注目が集まるだけさ。ジャーナリストにとって、逮捕はいい仕事をした証拠なんだからな」

メイセンハートは身をかがめると、せまくて天井の低い整備用トンネルの通路を走った。会議ホールの喧騒は背後に消えさり、巨大マシンの振動音がとってかわる。通路の壁には指の太さのケーブルが数百本はしっている。顕微鏡レベルの細さのファイバーが何千と集まったケーブルだ。透明な繊維のなかを絶え間なく点滅しながら光が進み、影があやしく踊る。

次の出入口ハッチで立ちどまった。

通信服のわきポケットから超音波センサーを出し、そのたいらな面をハッチに押しつけ、ベルトのセンサー・コンソールに触れる。ヘルメット・ヴァイザーがスクリーンに変わり、ハッチの向こう側の通路が見えた。超音波で作動するスパイ・センサーのデータをもとに、通信服のコンピュータが作成した模擬映像である。

通廊にはだれもいない。

もう一度操作すると、ヘルメット・スクリーンに小画面があらわれて、複雑な見取図の一部が拡大表示された。内部事情に通じていなければ、これがハンザ司令部の平面図だとはわからないだろう。メイセンハートは思わずにやりとした。極秘資料であるハンザ司令部の図面のコピイを二十四時間以内に調達するという〝はなれわざ〟をやってのけられるのは、アラスのラルプのような天才情報収集家だけだ。この詳細な図面がなかったなら、メイセンハートは三十秒でポジトロニクスの防衛システムに察知され、とりおさえられていただろう。

急げ！　と、ジャーナリストは考えた。

ハッチを開き、するりと通廊に出る。通信服の反重力ジェネレーターを起動させ、天井にある通気シャフトの格子《こうし》パネルまで浮きあがった。格子パネルをはずし、通気シャフトに入りこんでパネルをつけなおすまで、わずか数秒。できるだけ速く這い進む。外側マイクが、大きくなる気流の音を伝えてきた。さらに数メートル進むと、振動する黒い大送風機や、細かいメッシュの空気フィルターがある分岐点に着いた。

見取図に目をやる。

もうすぐだ、と、メイセンハートは満足して考えた。もうすぐ、充分にそばまで行ける。

左に曲がった。分岐シャフトは主シャフトよりもせまく、前進に苦労した。通信服のサーボ・エンジンがなかったら、目的地にはたどり着けなかったかもしれない。

「とまれ」荒くなった呼吸音にタルドゥス・ザンクの声が割りこんだ。「いま、隣室の真上にいるぞ」

メイセンハートは黙ったまま。

鼓動が速くはげしく打っている。体力を使ったからというだけの理由ではない。ジャーナリストはなかば驚きながら、自分がおじけづいていることに気がついた。無理もない。ペリー・ローダンとタウレクの話を盗み聞きしようとスパイのごとくハンザ司令部をうろついていれば、だれだっておじけづくだろう。

「会議ホールは変化なし」ウニト人がいいそえる。「なにを待ってるんだ?」

「風がやむのを、だな」と、メイセンハート。

「悪い冗談なら、高給取りのニュース・エンターテイナー、ディン・ドンにまかせておけ。あいつと張りあうつもりか?」

クローン・メイセンハートは返事をする気にもならなかった。

かれは分岐シャフトに入る前に、賢明にもマイクロ音声ヴィデオ盗撮機を作動させ、通信服の襟に磁石で固定しておいた。ヘルメット・ヴァイザー下端のセンサー・キイに舌の先で触れる。すぐに盗撮機が襟をはなれ、綿ぼこりのようにゆっくりと床におりていった。

盗撮機はシャツのボタンほどの大きさもない。シガ星人のマイクロ技術の傑作である。通気シャフトのメタルプラスティックの壁に触れたとたん、盗撮機は十数本の触手を伸ばした。人間の髪の毛がザイルに思えるほどの細い触手が、壁の材質を分析する。やがて本体からマイクロ穿孔《せんこう》スティックが出て作業をはじめた。数秒後、穿孔スティック先端の分子破壊装置が仕事を完遂し、盗撮機は硬貨大の穴に消えた。

「画質は良好だぞ」タルドゥス・ザンクがほめる。

メイセンハートは汗をかいていた。ますますおじけづいてしまい、常軌を逸した計画の実行などやめておけばよかった、と、考えそうになる。だが、これで世紀のストーリーが手に入るかもしれない……ローダンはまだクロノフォシル・テラを活性化させていない。なぜためらっているのか、だれも知らないのだ。

ザンクがふたたび話しかけてきた。

「ワンジャングがこのルポルタージュのいいタイトルを思いついたらしい。〝ペリー・ローダンに対する盗撮工作〟だ。どう思う、クローン？」

「ワンジャングは頭の悪いアシナシトカゲってことだな」ヘルメット・スクリーンの映像から目をはなさずに、メイセンハートは低くいった。盗撮機はローダンとタウレクがいる部屋の天井に穴をあけているところだ。「非合法な盗撮工作とまっとうなインタビューの区別もつかないらしい」

「ワンジャングは皮肉のつもりだったといっているぞ」

メイセンハートは不機嫌に笑った。

「アシナシトカゲに皮肉のなにがわかる？　皮肉には最低限の知性がいるんだ。だが、知性を持つアシナシトカゲなんて聞いたことがあるか？」

ザンクは返事をしかけたが、うしろから聞こえた金切り声にさえぎられた。まちがいなく、あのおかしなマット・ウィリーだ。メイセンハートはすぐに舌でヘルメット内側のべつのセンサー・キイに触れる。キイから舌先がはなれないうちに、ヘルメット受信機の叫び声は沈黙した。

同時に盗撮機の撮影用毛細チューブが、通気シャフトの下にある部屋の天井を貫通した。すぐに音声ヴィデオ中継がはじまる。

メイセンハートの鼓動が速まり、視線がヘルメット・スクリーンに吸いよせられた。

たのむぞ、すんなりいってくれ……

その部屋はせまく、飾り気がなかった。楕円形のテーブルがひとつとサーボ・シートが四つ、腰ほどの高さの柱状端末が一台、内装はそれだけだ。ハンザ司令部に百もありそうな典型的な談話室である。ほのかに光るヴェールのために映像がぼやけていた。つまり、この部屋は対盗撮システムで守られているということ。だが、警備担当技術者たちも、クローン・メイセンハートのような星間ジャーナリストがこれほどふとどきな行為に出るとは、予想もしていないだろう。シガ星人のマイクロ盗撮機を持ってセキュリティチェックを通過するために、宇宙ハンザの公式招待状を利用するとは……

盗撮機の真下にタウレクが立っていた。コスモクラートは腕を組み、楽しげに微笑しながらペリー・ローダンを見ている。それから、一ブルー族を。

「これはおもしろいな」メイセンハートはつぶやいた。「あの皿頭はだれなんだ？」

盗撮機の音声センサーが未知ブルー族のさえずるような声を明瞭に伝えた。

「ミミズですよ。この缶のなかにいる」ちょうどブルー族が甲高い声でいって、笑いはじめたところだ。

そのとき、ヘルメット・スクリーンが真っ黒になり、メイセンハートは悪態をついた。いったいどうした？　盗撮機が見つかって壊されたのか？　それとも……

かれは悲鳴をあげた。こんなことはありえない。だが、床がたわみ、溶けはじめ、自分を吸いこもうとしている！

こんなこと、起こるはずがない。

それなのに、起こっていた。

聖なるピューリッツァーよ！　メタルプラスティックの床を抜けて下へと沈みかけ、メイセンハートは肝をつぶした。本能的につかまる場所を探すが、まるっきり見つからない。物質がかたさを失い、頑丈なメタルプラスティックはゼリーのような粘液状になっていた。

「タルドゥス！」ジャーナリストは叫んだ。そこではじめて《キッシュ》との通信がとだえていることに気がついた。ヘルメット・スクリーンの下、ぼんやりと蛍光を発するセンサーキイに舌先で触れる。

「タルドゥス・ザンク！」メイセンハートは金切り声をあげた。

なにも聞こえない。沈黙、静寂。ホワイトノイズさえなかった。悪態をつく。かれの通信服は、軌道上のメディア・テンダーにシグナルを中継するさい、月のスチールヤードとハンザ司令部との恒常データ交換に用いられるハイパー通信周波のひとつを使う。持参している特殊暗号化装置がデジタル信号にロックをかけ、ノイズめいたインパルスに変換したうえで、暗号化された信号を周波転換装置が公式な通信に乗せるのである。周波は二秒おきに変更された。《キッシュ》の受信機は解読プログラムをそなえており、ノイズに偽装したインパルスを通信から洗いだして音声ヴィデオ信号にもどすというわけだ。

このプロセスは複雑だった。だが、こうすることによって、早すぎる段階でメイセンハートの放送がハンザ司令部や月面で察知されるのを防げるのである。《キッシュ》が沈黙したのは、ジャーナリストの計略がハンザの通信監視網に気づかれたためかもしれない。ハイパーエネルギー封鎖フィールドで放送を遮断したのだろう。

メイセンハートは歯を食いしばった。粘液と化したメタルプラスティックがどんどんかたさを失っている。かれは刻一刻と下にさがっていった。反射的に舌でべつのセンサー・キイに触れる。通信服の反重力ジェネレーターを作動させるキイだ。

床の素材の液状化が進み、さらに沈む。だが、反重力ジェネレーターが地球の重力を中和したため、落下スピードはあがらずにすんだ。なにかかたいものにたたきつけられる。外側マイクが驚きの叫び声を伝えた。次の瞬間、ふたつの万力がメイセンハートの左太股《ふともも》をつかんだ。そのまま振りまわされ、ヘルメットがどこかの角に当たる。スクリーンは暗いままで、ヘルメット・ヴァイザー下部の蛍光コンソールさえ見えなかった。

恐怖がメイセンハートの喉を締めつけた。

なにをすればいい？

突然、明るくなった。

ジャーナリストは、白いセラミックのように見える床から一メートルのところに、からだをまるめて浮かんでいた。ローダンとタウレクとブルー族、それに部屋も消えている。かわりに存在しているのは、滑らかなセラミックの平面だけ。それがはるかな地平線から上に向かい、バターイエローとみずみずしいグリーンの空に溶けあっている。

メイセンハートはあえいだ。

太股は万力の手につかまれたままだ。首をまわす。あえぎが苦しいうめき声に変わる。太股をがっしりとつかんでいるのは、手ではなかった。疑似肢である。その疑似肢は全長二十メートル、太さ二メートルほどのミミズから生えていた。ミミズはセラミックの床にからだを伸ばして横たわり、はしから三分の一ほどをあちこちに揺らしている。ほかの数本の疑似肢で金属がきらりと光った。最初の数秒間、あまりの驚愕にメイセンハートは金属の物体を剣だと思いこんだ。だがやがて、それはとほうもなく大きなナイフとフォークだとわかる。

「殺さないでくれ！」即座にメイセンハートは叫んだ。「わたしはレポーターだ！」

ミミズは頭も口も、外見でそれとわかる感覚器官もないのに、うつろな響きの笑い声をあげ、ジャーナリストを振りまわした。

「メイセンハートなのか？　《キッシュ》のメディア・クルーの、クローン・メイセンハートか！」

この未知の怪物は自分を知っている。その事実のおかげでメイセンハートの胸に希望がわいた。

「さすがだね」と、下手《したて》に出た。「銀河系でいちばん有名な星間ジャーナリストだよ」

太股から疑似肢がはなれた。メイセンハートは反重力ジェネレーターの出力を落とし、ゆっくりと床におりた。それから、急に跳びあがる。

「ここはどこだ？　それにローダンとタウレクは、あのブルー族はどこに行った？」

「シ＝イトのことだな」ミミズが断言した。「わが昼食だ」

メイセンハートは息をのみ、怪物を凝視した。

「すべての星々にかけて、人食いミミズだ！」

「わたしは純然たる慈悲心からシ＝イトをわが昼食に選びだした」ミミズは話しながら縮んでいく。メイセンハートはヘルメットのチェック表示を横目で見て、通信服のカメラとマイクが動いていることをたしかめた。すべて記録されている。

「ローダンはどこだ？」ふたたびたずねる。

「きみの横に立っている。左のほうに。タウレクと、腹をすかしたわが友シ＝イトから、一歩だけはなれたところだ」ミミズはくぐもった笑い声をあげた。「だが、きみにかれらが見えないのと同じく、かれらもきみを見ることはできない。そのかわりに、かれらはきみにかくされたものを見ている。わたしが見せたものを……」

にわかにメイセンハートはこの怪物がだれなのか理解して、目をまるくした。ジャーナリスト魂が興奮に躍る。

「あなたは〝それ〟ですね！」かすれた声でいう。「エデンIIの長老！」

ミミズは、襞《ひだ》のある装束《しょうぞく》を身にまとって、節くれだった杖を手にした白髪の老人に変わった。いたずらっぽくほほえむ。

「きみのアルマダ・ショーには心から感心しているぞ、クローン」と、しわがれた声で、「なによりもあの徹底ぶりにな。《キッシュ》のメディア・クルーとともに、ありとあらゆる放送をメディアのばか騒ぎの手本にした。おお、ことごとく悪趣味で、銀河系の一般市民にとって神聖なものごとすべてを恥知らずにも吊るしあげ、えりすぐりの悪い冗談と陳腐な駄洒落をまじえて……とにかくみごとであった！」

メイセンハートは目を細めた。

「ふん！　わたしを侮辱する気ですか？」

「きみを応援したいのだよ」〝それ〟は応じた。楽しげな微笑がひろがる。「わたしがペリー・ローダンに見せたものを、きみにも見せようと思う。その映像を《キッシュ》で太陽系に生中継してもらいたい」

「なぜです？」メイセンハートはたずねた。にわかに不信感に襲われる。

「冗談のひとつだよ。わたしの悪名高い冗談の……」〝それ〟は答えた。老人のほほえみが消えて、こうべがさがる。その視線が数分の一秒のあいだ凍りついたが、ふたたび明瞭になった。「《キッシュ》との交信は再開している。きみのメディア・テンダーの送信出力をあげさせてもらった。このショーを太陽系全体で受信できるように……」

老人はふくみ笑いをした。メイセンハートはその笑いの響きに、かすかにいやな予感をおぼえた。

「あなたの冗談については聞いたことがあります。すこしばかり……そう、的はずれだという話ですが」

老人のしわだらけの顔が真剣になった。

「わたしがきみたちに提供できるのは、的はずれな冗談だけでな。それが強者の唯一の武器なのだ」

メイセンハートは口を開いてなにかをいおうとした。だがそのとき、世界がばらばらになった。ローダンの世界が崩壊したのと同じように。そして、メイセンハートが目にしたものを、太陽系全体にいる数百万人のテラナーや地球外生物たちも、同時に見たのであった。

5

〝それ〟
死の陰鬱な静寂

〝それ〟のような時間を持たぬ存在であっても、時間に意味がないわけではない。ときに、時間の息吹《いぶき》を熱くたぎる暴風のように感じることがあった。おのが道に立ちはだかるものすべてを焼きつくそうとする暴風である。そのような瞬間にかれは、憐憫《れんびん》の情をおぼえるのであった……死すべき者に対して。また、死すべき者のなかでも、肉体という外被の自然な衰えをあの手この手で停止させ、それゆえに自分は不死だと思っている者に対して。

不死だと！

そのようなおろか者たちに、永遠が持つ真のひろがりのなにがわかるというのか！

〝それ〟は声をあげて笑った。時空の彼岸のかぎりない空間に、哄笑がこだまする。そこではかれの強大な精神が、宇宙という木の枝葉のごとく、目眩《めまい》がするほどの高みへと伸びている。笑っているあいだに、かれの意識の無数の分枝を漠然とした痛みがつらぬいた。〝それ〟は陰鬱な気分で、ひとつの構造亀裂をのぞき見る。死すべき者、不死者、死をまったく知らぬ者……それらが中間ゾーンへと追いやられるさまを目にした。

超越知性体は多重意識の一部を……使者としてテラを訪れ、老人の姿をまとっている一部の意識を……使ってこう考えた。きみのことはだれよりも気にいっている、ペリー・ローダン。だが、それでもわれわれの道は分かれるだろう。しばらくのあいだだ。永遠のなかではほんの一秒にすぎない……

老人の姿をした〝それ〟はローダンに歩みより、タウレクは無視した。コスモクラートはいつものように疑り深げに背後にさがり、見えるほうの目ですべてをとらえている。そのあいだに見えないほうの目でべつの世界のひろい空を探しているが、見つかったためしはない。〝それ〟は、クローン・メイセンハートも無視した。ジャーナリストは数秒前から、超越知性体の冗談は人間のものとはまったく違うと感づいていた。シ＝イトはいない。〝それ〟を助けて気晴らしを提供したことに対する報酬を受けとったのだ。

「お久しぶりですね、ご老体」ペリー・ローダンがいう。

「わたしはきみから目をはなしたことなど一度もない」〝それ〟は笑った。遠くで……人間の想像力をはるかにこえる遠方で……絶対に破られてはならなかった眠りから暗黒の力が目をさましたのを感じる。早すぎる！　そう考えた。まもなくここへやってくる……「訊きたいことがあるのだろう。訊くがいい、いますぐに。時間がない」

「時間こそがわれわれの唯一の敵というわけですね？」ローダンは額にしわをよせた。

「唯一の、ではない」〝それ〟は応じた。「そして、最大の敵でもない」

ちいさな人間よ、きみはまもなく、そのより強大な敵のひとつと遭遇することになる」

……「タウレクのエネルギー・ストックがつきたのです」すぐにローダンが応じる。「最後のクロノフォシル、エデンⅡの準備をととのえる手段が失われました。どうなるのか……」

「エデンⅡの準備はすでにととのっている」〝それ〟がさえぎった。ローダンの驚いた顔を見て、精神存在はふたたび楽しげに哄笑を響かせた。「タウレクは黙っていたのだな？　われらがひとつ目の友にもユーモアのセンスはあるようだ。エルンスト・エラートに直接、準備をするよう指示したのは、かれなのだから。わかっただろう、きみには無口ながらもおおいに助けになる友がいることが……」

ローダンがコスモクラートに暗い視線を投げるのを、精神存在は愉快な思いで観察した。それ見たことか。またひとつ、棘《とげ》が生まれた。コスモクラートたちはわたしの意見を聞くべきだったのだ。わたしはテラナーのことならだれよりもよく知っている。わたしが後見している者を未熟な子供のようにあつかうのは間違いだと、かれらにいってやればよかったのだが。

「クロノフォシル・テラが活性化を待っているぞ」と、〝それ〟はいいそえた。

ローダンはその言葉を受け流し、

「エデンIIがいまどこにあるのか、だれも知らないのです、ご老体。タウレクでさえ。エデンIIのポジションを知っているのは、あなただけのようだ」

「きみは間違っている。そのポジションならだれもが知っていること」精神存在はますます愉快に思いながら、クローン・メイセンハートがローダンに近づこうと奮闘するさまを追った。〝それ〟がつくりだした中間ゾーン内では、ジャーナリストもタウレクも自由に動きまわれないのだが、かれにはそれが理解できないようだ。精神存在はふたたびローダンに注意を向けた。「だが、事態を前に進めようではないか、友よ。きみはまだクロノフォシル・テラを活性化させていない。活性化を完了させ、保存されていたメンタル・エネルギーをとりこんではじめて、きみは先に進むことができる。それに……」そこでちいさく笑った。「気にならないかね？　このクロノフォシル活性化が、人類や銀河系の友になにをもたらすのか」

ペリー・ローダンは嘆息した。

「変わりませんね、ご老体。いまもまた、言葉をならべたてているが、ほとんど語ることはなく、楽しんでいる」

「わたしは映像に語らせるほうが好きなのだ」そして、多くの映像はじつに愕然とさせられるものだ、ちいさな人間よ……そう思い、耳をすました。はるか遠く、光のない奈落から、地響きがわきあがってくる。地響きとともに夜が頭をもたげ、星々に、銀河全体に影を落とす。もう長くはない。ここにやってくる。精神存在は乱暴な口調でいった。

「わたしは行かなければならない。だが、去る前に見せておきたいものがある。きみが望むなら。だがもしかしたら、この映像は見たくないかもしれない……あまりに多くを知らないほうがきみのためかもしれない……」

「アトランとジェンのことですか？」ローダンは思わずいった。「あのとき、クロノフォシル・アンドロメダを活性化した直後のように？　あなたは深淵とコンタクトがとれるのですか？」

宇宙のはるか遠い場所で眠れる暗黒を眠りから呼びさました轟音と地響きが、しだいにおさまっていく。だが、影はのこる。影は近づいている。押しとどめようもなく。その到来を知るのは〝それ〟のみである。できればローダンに警告したい。しかし、そのような願いに屈するほど精神存在はおろかではなかった。ちいさな人間よ、自分の足で立たねばならぬのは、つらいことだ。だが、おのれの力でやりぬかずして、いつの日か偉大になることができるだろうか？

〝それ〟は知りえたことを胸に秘め、こう語った。

「深淵で変化が起きている。その変化により、きみは宇宙空間の下の空間をわずかにのぞくことができる。亀裂はすぐに閉じるだろう。だがきみがほんとうに望むのなら、アトランとジェン・サリクがどうなったのか、見せてやろう」

ローダンは一瞬、ためらった。〝それ〟はテラナーがこの申し出を拒否するよう、願う。だが、テラナーの目に断固たる決意を認めて、この願いは満たされぬと悟った。

「覚悟はできています」ペリー・ローダンはいった。

〝それ〟は、かれの望みをかなえた。

虚無から映像があらわれる。きょうこの日……NGZ四二九年二月五日の出来ごとであるかのような、新しい映像だ。けさ、かくされた道をたどって深淵の地下牢からとどいた映像である。〝それ〟がこれを見つけてとらえ、貴重な宝物のように守ったのだ。わずか数時間後のいまこの瞬間、数十億名の観客に見せるために。ペリー・ローダンは映像を見て、死者の白骨化した顔をのぞきこんだかのように真っ青になった。クローン・メイセンハートもその映像を目にした。通信服のカメラが《キッシュ》に映像を中継し、《キッシュ》が全星系に拡散させる。人々はその映像を見た。テラで、ルナで、火星で、金星で、土星や海王星の衛星で。数千隻のGAVÖK艦船で、無限アルマダの何百万、何千万もの宇宙艦船のなかで……

そこには山があった。ほかのどんな山も、横にならべば色あせて見えるような山である。黄金の恒星のごとく明るく輝いている。黄金の峰はどこまでも高く高く、星のない空に向かってそびえ、麓《ふもと》では巨大な峡谷が口を開いている。峡谷には純粋な光からなる無数の橋がかかり、その末端には要塞がある。ほのかに光るエネルギー製の巨大建造物だ。圧倒的だが、黄金の山にくらべれば塵《ちり》の粒にすぎない。

山と要塞をつなぐ光の橋のひとつの上方で、男がふたり動いている。映像を見る者すべてが知っている顔である。アトランとジェン・サリク。ふたりは走り、飛翔した。身につけた防護服はセランを思わせるが、どこか異質だ。ふたりは風のように飛んだ。世界の末端にある底なしの奈落の上を、光の橋に沿って、恒星のない空に高くそびえる黄金の山に向かって。そのとき、ふたりの顔が灰のように白くなり、死の危機に瀕した者のみが感じうる絶望にゆがんだ。ふたりは転落した。目眩のする高みから、大きく口を開けた峡谷へと。光る橋のそばを通りすぎ、虚無へと落ちていく。翼を奪われ、永劫の罰をくだされた堕天使のごとく。落下するうちに、ふたりの顔はグレイになった。目の光が消え、肉体から魂が抜けだし、死者となって落ちていく。さらなる深みへと。深淵の黒い口が、死したからだを永遠に食いつくすまで。

映像が消えかける。だが、まだ消えきらぬうちに、クローン・メイセンハートが言葉を発した。かれは星間ジャーナリストのナンバーワンである。この映像にはどのような言葉がふさわしいか、理解していた。

「伝説はこう語っています。最後の深淵の騎士が死ぬとき、すべての星々が消え失せると。そして、暗黒の時がはじまる……」

6

夢見者カッツェンカット
地球の最長の夜

かれはおのれを奮いたたせ、計画を実行した。ゼロ夢のなかで、ネガスフィアの空虚な世界へとおりていく。そこは常軌を逸したことでさえも、きわめて正常であるために存在が許されない世界だ。かれは底の底までおりていった。そこでは眠れる暗黒が、はじけ飛んだ空間と砕け散った時間からなる原初の泥にまみれていた。

眠れる者が憩えるのは、このような場所だけである。このただならぬ存在は、時間と空間のような概念が完全に意味を失った領域においてのみ、宇宙のあらゆる時代に生じてきた変化を耐えぬくことができたのだ。

影がゼロ夢見者に同行していた。支配者の影だ。支配者は、砕け散った世界の無数の破片にみずからの姿をうつしだし、死が生を狙うがごとく、世界をつけ狙っている。ゼロ夢のなかのカッツェンカットはからだを持たず、攻撃されることのないエーテル状の精神である。とはいえ、ネガスフィアにたしかなものはなにもない。それは指揮エレメントであっても同じこと。ネガスフィアを支配するのは無法則の法則なのだ。因果関係はでたらめに入れ替わり、天理は例外を認め、ありえることに対してはありえぬことが勝利をおさめ、混沌が唯一の秩序となる。そこで暗黒が眠っている……

暗黒という現象について、カッツェンカットは大づかみに理解することさえできていなかった。

わかっているのは、多大な労力を要する特殊なゼロ夢のなかで援軍として呼びだせること、それだけである。暗黒エレメントはネガスフィアの心臓部で出番を待っている。カッツェンカットがネガスフィアから何光年はなれていようと、呼びだせばやってくるのだ。そして、通常のものかハイパーエネルギー性のものかを問わず、あらゆる放射を吸収する現象として姿をあらわす。すべての光が消え、すべての熱放射がのみこまれ、あらゆる通信インパルスが吸いこまれる。

暗黒のあらわれしところ、夜となるのだ。

この、考えられるかぎりもっとも暗い夜のなかで……一連の出来ごとが起こる。すべてをつつむ闇に守られて、〝なにか〟が狩りをはじめる。この狩人を見ることはできない……たとえ映像帽子を使ったとしても。映像帽子は、暗黒の出現中でもほかのエレメントが周囲を探知できるよう、増強基地でつくられたものだ。この装置では、ジェネレーターが超音波を発生させ、その反射からマイクロコンピュータが疑似空間音響映像を作成する。それがセンサーを介して脳の視覚中枢に伝えられ、視覚的なイメージに変換されるのである。

映像帽子を使っても、周囲はおおまかにしか探知できず、視覚刺激はぼんやりとしている……それでもやはり、物体をまったくとらえられないなど、ありえない。

だが、この狩人だけは不可視のままだ。

それでも狩人は存在する。暗黒エレメントが数分以上あらわれつづければ、物体が、生命体が、あとかたもなく消えてしまうのだから。闇のなかで引っかき、こそこそと動きまわり、きしむ音をたて、息をはずませる音が聞こえる。なにかがうろつき、獲物を探す。

ある特定の獲物を。

狩人がだれを探しているのか、カッツェンカットにはわかっていた。かれ自身……暗黒を呼びだしたゼロ夢見者である。見つかるまで探しつづけるだろうと、心の底からわかっていた。だからこそ、暗黒エレメントの投入にしりごみしたのだ。それでも援軍として使うように強いられたからには、それが長くとどまることのないよう、ごくちいさな声で呼びかけたのだった。

かつて、カッツェンカットが十戒の指揮エレメントとなるべく、燃えつきたサーレンゴルトを永遠に去った直後のこと。暗黒がどれほど危険なものか、ネガスフィアの支配者からこう警告を受けた。

「暗黒エレメントは、宇宙が若く荒々しく奔放だった時代に由来する。宇宙創造プログラミングよりも前、最初の秩序ある構造が生じるよりも前の時代だ。その時代には生も死も、秩序も混沌もなかった。存在したのは、はてしない原状態の宇宙という現存のみ。この原状態を創造プログラミングが消しさったのだ。だが、いくつもの時代をへてモラルコードが損傷し、宇宙の一部が徐々にもとの姿へと逆もどりしはじめたとき……ネガスフィアの最下層で暗黒エレメントが生まれた。その意味がわかるか、夢みる友？　つまり、あの原状態は完全に消去されたのではなく、不屈の生命力で表面下に存在しつづけたのだ。創造プログラミングなどうわべを飾るにすぎず、時がくれば野獣はふたたび頭をあげることができる。そしてその日は、この宇宙の全住民にとって暗黒の日となるだろう」

支配者の言葉がゼロ夢の意識のなかでこだまする。カッツェンカットは恐怖に駆られ、因果関係が失われたネガスフィアのカオスから、無我夢中で逃げた。そのとき、メンタル性の雷鳴に慄然とした。エレメントの支配者が雷をとどろかせ、砕け散った時空からなる場所を揺すぶったのだ。ゼロ夢見者の背後で暗黒の大波がそそりたつ。

眠れる者が、目ざめた。

十戒が結成されて以来はじめて、暗黒エレメントがまったき暗黒の力をもって深淵の墓場から身を起こした。太古の昔から憩っていた墓穴を出て、ゼロ夢見者の呼びかけに応じたのだ。

ゼロ夢見者はすさまじい恐怖を感じて逃げた。自分のからだという虚構の避難所に逃げこむ。そのからだは《理性の優位》船内で身動きひとつせずに横たわり、ふたたび魂が吹きこまれるのを待っていた。肉体のたしかな重さを感じたとたん、意識が船載コンピュータに命令を叫ぶ。華奢《きゃしゃ》なからだがはげしく感電したかのように震え、発話口が獣じみた音を発した。直方体の頭蓋の皮膚に散らばった色素センサーが鮮紅色にぎらつく。内面で吹き荒れる恐怖にもかかわらず、脳だけはコンピュータのような正確さで動いていた。

〈ジャンプしろ！〉カッツェンカットは《理性の優位》の船載コンピュータにメンタル指令をくりかえした。

ゼロ夢からさめきらぬうちに、暗黒エレメントが高速でどよめき迫るさまを感じた。その瞬間、時間の流れが遅くなる。船載コンピュータがメイン・エンジンを起動し、フォーム・エネルギー製の宇宙船をハイパー空間に移動させるまで、わずか数秒。だが、カッツェンカットには数時間が過ぎたように感じられた。

暗黒が出現する前に太陽系で実体化できなければ、一巻の終わりだ。暗黒エレメントは《理性の優位》をのみこみ、二度とはなさないだろう。

ゼロ夢見者はからだをまるめた。

暗黒は近い。恐ろしいまでに近い。超感覚で感じた。暗黒が上位次元へとわきあがるさまを、貪欲に自分を探すさまを、ついに自分を見つけるさまを。そして……

《理性の優位》がハイパー空間に入った。宇宙をつらぬく力場に沿って太陽系に向かう。三十光年というわずかな距離だ。超光速航行はほんの一瞬。宇宙船は猛然と通常空間に帰還した。

「太陽系、第四惑星と第五惑星の公転軌道間に再実体化しました」シントロン・コンピュータが報告する。「探知！ 探知！」

その強力なメンタル・インパルスに、カッツェンカットは一時的に気をとられた。もはや暗黒の貪欲な手探りは感じられない。船載コンピュータが司令室に表示したホログラム映像を鋭敏な感覚でとらえた。小惑星帯付近には二千隻以上の宇宙船が存在するが、それは問題ではない。遠くに見える第二の帯、冥王星の残骸からなるリングの向こうで、探知リフレックスが溶けあって密な塊りとなっている。無限アルマダの数百万隻、数千万隻の宇宙船である。

船載コンピュータが戦闘警報を発した。

「衝突コース上に未知の物体！ 衝突は八十秒後！」

テラナーのすばやい反応に、カッツェンカットは不覚にも感心した。かれらの技術的手段はこちらの対探知バリアをものともせず、《理性の優位》を発見したのだ。攻撃側は小型高速艇十二隻。小惑星帯に入って微小なアステロイド群に突っこみ、防御フィールドが流星のように赤熱している。

「さらなる未知物体が飛来中」シントロン・コンピュータが通知する。

それはあらゆる方角からきていた。迫る飛行物体はすべて、全長三、四十メートル弱。最大で四座の戦闘機だ。だが、カッツェンカットは敵が小規模であることにだまされなかった。戦闘機の加速値ひとつとっても充分に驚くべきもの。武装も同じレベルなら、《理性の優位》はきわめて危険な状態にある。ハイパーエネルギー性の防御バリアであっても、テラナーのトランスフォーム砲の集中砲火を受けて長くもちこたえることはできないだろう。

「衝突は五十四秒後！」船載コンピュータのシントロン疑似意識がテレパシーで伝えた。

時間切れが迫る。

カッツェンカットは集中した。計画を実行するには、大至急、行動しなければならない。おじけづいた自分に悪態をついた。動揺するとゼロ夢に入るのがむずかしくなる。いや、これは興奮のためではない？　頭蓋に感じるこの漠然とした重圧は……突如としてわかった。なにが集中を妨げているのか……アルマダだ！　無数のプシオン結節からなるネットワークが無限アルマダ全体をはしっている。それがひとまとまりになり、異質で強力な精神を生みだしていた。

オルドバン！

当然だとも！　クロノフォシル活性化により、あの老勇士の粉砕された意識が修復されたのだ。その意識の中核にいるのは、オルドバンの肉体的な構成要素……つまりローランドレのナコール、アルマダ王子である。

カッツェンカットはプシオン作用を無理やり追いはらった。肉体の拘束がゆるみ、エーテル状の意識が物質の制約をはなれ、いきおいよく解放される。船載コンピュータのメンタル警告インパルスが、はるか遠くからのように聞こえてきた。

「探知！　探知！　物体と衝突間近！」

だが、そのときすでにゼロ夢の意識は《理性の優位》をはなれていた。一瞬、意識が惑星間空間で停止し、高感度の超感覚で付近の宇宙を探る。

《理性の優位》はすぐそばだ。一アステロイドを対探知の楯としたフォーム・エネルギーの宇宙船は、ちいさなグリーンの恒星のように宇宙空間を進んでいる。だが、一隻だけではなかった。もう一隻の宇宙船が三十万キロメートル弱の距離に物質化したのである。直径百二十メートルの球型船で、恒星間の彼方からとどろきでてきた暗黒エレメントのごとく黒い。

テラ船ではなかった。

いくらかの羨望をこめて、カッツェンカットは認めた。《理性の優位》のシントロン・コンピュータであっても、これほど正確な超光速航行はむずかしいだろう。この未知球型船の航法士は天才にちがいない。天才だけが、たった一度のハイパー空間ジャンプで理想的な戦闘ポジションにつけるのだから。

カッツェンカットはゼロ夢のなかで、球型船の司令室に侵入した。

四本腕のある巨人が二名、深い赤色の戦闘スーツを着て操作卓の前にすわっている。ハルト人だ！　だが、あの危険な者たちが、太陽系になんの用があるというのだ？　ハルト人はGAVÖK加盟種族ではない……そこで、三年前に敵の強みと弱みを探ろうと銀河系に送りこんだ仮面エレメントの報告を思いだした。ハルト人はテラナーの旧友だ。この強力な種族は何千年も前から銀河政治にかかわっていないが、ハルト人艦隊は一度ならずテラナーの応援に駆けつけている……

球型船が《理性の優位》に砲火を開いた。

黒い球体の武器ドームから集束ハイパーフィールドが高速ではなたれ、瞬時にフォーム・エネルギー船の防御バリアを直撃した。命中の衝撃で、ハイパーエネルギーの力場が変形する。ハルト人の武器は断続的放出フィールドの原理にしたがって作動するようだ。命中するたびに、とほうもなく強烈な物理力が解放される。ひとつの惑星をやすやすと粉砕できるほどの力である。

《理性の優位》は漂流しはじめた。

ハルト人はインターヴァル砲の強度をあげた。《理性の優位》の船載コンピュータが回避航行をおこない、アステロイドを楯にとる。だが数秒後、厚さ数キロメートルの岩塊はインターヴァル砲のビームによって粉砕された。間をおかずして、最初にあらわれたテラナーの戦闘機部隊が出現。

カッツェンカットは、小惑星帯から飛びだしてきた宇宙の虫の群れのごとき小部隊を、ゼロ夢のなかで目にした。《理性の優位》がきりもみをはじめ、テラナー操縦士のきびしい顔が勝利のよろこびに輝くさまを、超感覚でとらえる。ハルト人のインターヴァル砲の攻撃により、《理性の優位》のあらゆる回避航行が水泡に帰した。脱出できる可能性があるのは、超光速航行のみである。

だが、船載コンピュータは小惑星帯をはなれるなと命じられていた……

防御バリアはまだもちこたえている。ハイパートロップが、インターヴァル砲のビームを中和できるだけの充分なエネルギーを供給しているから。だが、テラの戦闘機がトランスフォーム砲の砲門を開くと、バリア・フィールドが崩壊した。《理性の優位》はカッツェンカットのからだもろとも、人工恒星の炎となって赤熱する。

ゼロ夢をみている意識はパニックに襲われた。暗黒エレメントはどこにいる？　なぜまだ太陽系をのみこんでいないのだ？　なぜ……

そこへ、暗黒はやってきた。

暗黒は虚無から音もなくひそかにあらわれる。ゼロ夢見者だけが、その貪欲なささやきを聞きとっていた。耳をすますうちに、ささやきはざわめきに、ざわめきは轟音となる。なすべきことを実行するまで数秒しかのこされていないと、カッツェンカットは知った。

ゼロ夢のなかで、数百万キロメートル先にある地球へと、いつわりの平穏のうちに太陽のまわりをめぐっている惑星へとジャンプする。ジャンプして、テラニアのビル群の上空に到達した。一瞬のあいだ動きをとめ、集中し、メンタルの呼びかけに全力をこめる。

〈暗黒エレメントよ！　くるがいい、くるがいい。夢見者がおまえを必要としている！〉

まだ呼びかけを発しているあいだに、意識のべつの一部を使って敵なる男を探した。すぐに見つける。敵は地下深くにいた。だが、岩盤も鋼も、エネルギー・フィールドもパラ罠も、夢見者のメンタル攻撃からあの男を守ることはできない。

もしかしたら、敵は自力で夢見者の攻撃に対抗できていたかもしれない……わずか一週間前にアニン・アンやメディアのエネルギー成分と戦い、弱っていなかったならば。

夢見者は敵の意識に手を伸ばした。抵抗にあったが、準備はととのえてきた。仮借なく攻撃する。この連打を受けて、敵のメンタル壁はぐらついた。だが、もちこたえている。カッツェンカットはいったん身を引き、すべての力を、次の決定的な一撃にこめた。

この瞬間、暗黒エレメントがあらわれた。

敵のメンタル防御がショックで吹き飛ぶ。

カッツェンカットは勝利の雄叫《おたけ》びをあげながら、ペリー・ローダンの意識をゼロ夢に引きずりこんだ。

7

ゲシール
ヴィールスのガラスの光

「かれらは死んだのだ」ペリー・ローダンはいった。ゲシールは、夫のそばにいて痛みと悲しみを分かちあうことしかできなかった。「アトランとジェンは死んだ」

だれもがわかっていた。深淵でなにが起きたのか、だれもが見ていた。石と化した周囲の友の顔から、ゲシールは自身もかかえている問いを読みとった。〝なぜ？〟

だが、そのような問いに死者が応じるはずもなかった。

だれもがそれぞれのやり方で、死んだ友を悼んだ。そのとき警報サイレンが鳴り、全世界に報告が発せられた。《理性の優位》が太陽系に侵入し、LFTの戦闘機とハルト船が小惑星帯でカッツェンカットと対峙《たいじ》しているという。

だが、その警報の中身は間違っていた。

カッツェンカットがすでに小惑星帯を去り、地球に到達したことを最初に察知したのは、ゲシールだった。そうとわかって、彼女の心痛と悲しみが絶望に変わる。《理性の優位》に対する太陽系防衛戦を指揮すべく、ゲシールはローダンとともにハンザ司令部の本部に向かう。そのとき、敵意を持った異質な精神の存在を感じた。にわかにローダンの周囲の空気が揺らめく。かれはよろめき、身を守るように両手をあげ、叫ぼうと口を開けたが、喉からはなんの音も出なかった。

ローダンの顔が苦しみにゆがんだ。アトランとジェン・サリクが深淵の底なしの奈落に転落して命を落とすさまを目撃した瞬間のように、真っ青になる。驚愕、そして恐怖、ついで突然の理解、さらにわきあがる怒りが、その目にうつしだされた。

すべてが数秒のうちに起きた。

「ペリー！」ゲシールは叫び、支えようと夫の肩に手を伸ばす。ガルブレイス・デイトンの警告の叫びが聞こえたが、手遅れだった。指先が目に見えぬ障壁にぶつかり、燃えるような痛みが全身のすべての細胞を駆けぬけた。

ゲシールは悲鳴をあげ、よろめいてあとずさった。失神しかけたが、意志の力を総動員して、四肢に痛みをのこす麻痺と戦い、これを制圧した。虚脱感が消える。

彼女の数歩前でグッキーが実体化した。

「気をつけて！」ネズミ＝ビーバーが警告する。「カッツェンカットが……！」

勘違いかもしれない。だがその瞬間、夫の横に影が見えたような気がした。床にとどきそうなほど長い腕、二本の頸。直方体の頭をした、小柄でやせた者の影が。

影が消滅した。ペリー・ローダンも、ともに消える。

そして、照明が消えた。

一秒が過ぎるあいだに、ひろい通廊へと闇がおりてくる。二十メートル先には、本部の重厚なインケニット製ハッチがある。

エネルギー供給がダウンした！　ゲシールはそう思ったが、すぐに勘違いだと気がついた。そのようなケースでは、ポジトロン制御の緊急発電機がただちに反応し、照明は明滅さえしないはずだ。全電源喪失などありえない。さらに、緊急発電機が機能しなかったとしても、完全に暗くなるはずはなかった。ハンザ司令部のいたるところに独立電源をそなえた照明があり、このようなカタストロフィが起これば自動的に点灯するようになっているから。

それでも本部前の通廊は、漆黒の洞穴のような闇につつまれていた。

嵐に吹き飛ばされる紙吹雪《ふぶき》のように、ゲシールの頭のなかで思考が渦を巻く。闇のなか、彼女はただそこに立っていた。痛みと恐怖と驚愕で麻痺したようになり、頬を伝う涙もほとんど感じない。

ペリーがカッツェンカットに拉致されて……ハンザ司令部が襲撃され、エネルギー供給が停止した……アトランとジェン・サリクが深淵で死んだ事実を太陽系の住民すべてが目撃した、その直後に……

ゲシールは〝それ〟のことを考えた。苦々しい思いが胸にひろがる。エデンⅡの不死者は、何百万光年もはなれた深淵のヴィジョンを見せることができた……ならば、カッツェンカットがまもなくハンザ司令部に攻撃をかけることも知っていたはず。〝それ〟がわずか数分前にハンザ司令部を去ったのは、偶然ではないのかもしれない。さらに、最後の深淵の騎士の死にまつわクローン・メイセンハートの不吉なコメント……かれ以前に、べつの者も口にしていた……

おちつきなさい！　ゲシールは考えた。集中するのよ！

まだ周囲は闇だ。そして、静寂。この静寂は……グッキー！　デイトン！　すぐそばにいるはずなのに！　なぜ、かれらは動かないのだろう？

ゲシールは耳をすました。だが、自分の呼吸音しか聞こえない。

「グッキー？」と、たずねた。「聞こえる？」

ふたたび耳をすます。どこか遠くでだれかが返事をしている。聞きおぼえのある声だという気がするが、あまりにもかすかで、だれなのかはわからない。

ゲシールは頰の涙をぬぐった。心臓が速くはげしく打ちつける。ペリー……ひとりとして動きを見せないのは、なぜなのだろう。グッキーもデイトンも返事をしない理由は？　この闇は……この……

暗黒。

はっと気がついて、ゲシールはうめき声をあげた。暗黒エレメント！　カッツェンカットが暗黒エレメントをテラに投入したのだ！　アンドロ・ベータでこの不気味な現象を利用して、ペリーを拉致したときのように！

ゲシールは完全におちつきをとりもどした。感情の暴走が冷静な現状分析に場所をゆずる。

宇宙ハンザやLFTの首脳部は確信していた。技術エレメントを失ったのち、カッツェンカットの意のままになるエレメントはひとつしかないと。不気味な暗黒エレメントである。電磁放射もハイパーエネルギー放射も吸収してしまう作用だ。暗黒は可視光だけでなく、赤外線も紫外線も、放射線さえものみこみ、ハイパー通信をふくむすべての通信が遮断される。

そこまでは、《バジス》で起きた出来ごとからわかっていた。

同じく、十戒が暗黒フェーズにおける周囲探知の問題を解決していることも判明していた。エレメントたちは、超音波探知機と高性能マイクロコンピュータ、高感度の脳センサー・システムからなる装置を使っていた。コンピュータが超音波の反響から周囲のデータモデルを算出し、センサーがそのデータを視覚刺激に変換して、脳の視覚中枢に直接送りこむのだ。

このような装置があれば、目を使わずとも見ることはできる。宇宙ハンザの研究センターではまちがいなく、これに似た装置の開発を命じられているはず。すでにジェフリー・ワリンジャーの科学者チームが実用モデルをつくり、大量生産がはじまっているかもしれない。かれらがフェロモン・デテクターを生産段階に持ちこんだ、あの迅速さこそが、ハンザの科学技術レベルの高さを証明している。

さらに、この暗黒が永遠につづくはずはない。

事態が正常化すればすぐに、ペリー・ローダン捜索がはじまるだろう。そして……

ゲシールは凍りついた。

思考のどこかにミスがあったようだ。暗黒は放射を吸収する。だがそれだけでは、なぜグッキーやデイトンが彼女の呼びかけに応じないのか、説明がつかない。それになぜ、ハンザ司令部のスペシャリストたちはまったく動きださないのだろう。なぜ、スピーカーは完全に沈黙している?

すべての星々にかけて、ここが恐ろしいまでにしずかなのは、なぜ?

暗黒があらわれてから三、四分はたっているはず。どういうことだろうか? ハンザ司令部で働く者はみな、それぞれの分野の有能な専門家である。すべての男女が安定した精神の持ち主で、高度な訓練を受け、きわめて深刻な状況をも克服する能力をそなえている。

ハンザ・スペシャリストが、暗闇になど幻惑されるはずがない。

すくなくとも本部にいるハンザ・スペシャリストには、ペリーの拉致が伝えられているはず！　なぜ通廊が人や声でいっぱいにならないのだろう。ぞっとするほどの静寂を警報サイレンの音が破らない理由は？　どうしてひとりきりだという気がするのか……周囲にだれひとりいないと感じるのか……？

ゲシールは大きく息を吸って、ふたたび叫んだ。

「グッキー！　ガルブレイス！　返事をして！」

なんの応答もない。

グッキーは、宇宙ハンザの保安部チーフを連れてどこかにテレポーテーションしたのかもしれない。いや、それはないだろう。あるいは、暗黒がはじまったときにカッツェンカットがかれらを麻痺させ……殺しさえしたのだろうか。

頭をひねったところで結論は出ない。行動しなければ。もしかしたら、真っ暗なのはハンザ司令部だけではないのかもしれない。テラニア全体、いや地球全土が暗くなっている可能性もある。もしもそのとおりなら、外からの救援を長く待つことになりかねなかった。

ゲシールは気を引きしめた。壁を伝って本部まで行くことにする。腕を伸ばして右に向かった。五歩か、最大でも六歩で通廊の壁に手がとどくはず。

だが、六歩進んでもなお、虚空を手探りしていた。十歩め、十五歩めでも同じだった。絶対的な闇のなか、方向感覚を失っている。もしかしたら円を描いているのかもしれない。罵声をもらすと、暗黒が声のいきおいをそぎ、言葉を吸いこんだように思えた。身をかたくして、耳をすます。急に恐くなった。だれかが……なにかが……近くにいる？ なにも聞こえない。だが、ひとりではないと感じた。

口がからからになった。からだの横を探り、銃のホルスターに手を伸ばす。ブラスターのひんやりとした素材に違和感をおぼえた。さらに進む。暗黒のなかを。たしかだと思えるのは、足もとの床のかたさだけだ。歩きに歩いたが、障害物にはなにひとつ行きあたらなかった。通廊の壁も、本部のインケニット製ハッチも、反対側の突きあたりにある反重力シャフトの分岐点も、側廊も、搬送ベルトも、すべてが空中に消えさったかのようだ。

ゲシールは暗黒のなかをさまよった。ひとりきりで。世界には果てがなかった。

徐々にわかってくる。暗黒エレメントを誤解していたようだ。あれは光やハイパー通信インパルスを吸収するだけではない。ものを変化させるのだ。その変化は、まだ終わっていない……

ゲシールは立ちどまった。

そこに、なにかがいる。暗黒のなかに。目の前に、腕の長さほどの先に、それを感じた。自分はそれを知っている。怒りにつつまれた。怒りが、そのなにかに手を伸ばす力と勇気をあたえてくれた。

手が虚空をつかむ。

だが、なにかがこちらをうかがっているという感覚はのこり、彼女はあえいだ。にわかにその感覚が消え、またしてもひとりになる。虚無と暗黒からなる世界に、ひとりきり。

〈ゲシール!〉

その声に驚くあまり、彼女は悲鳴をあげた。

〈ゲシール! わが妹! 聞こえる?〉

ヴィシュナ! ゲシールは心のなかでいった。これはヴィシュナだ! 集中し、返事をした。

〈どこにいるの?〉

テレパシーの哄笑が彼女の頭のなかで響いた。

〈暗黒のなかでは〝どこ〟も〝いつ〟も存在しないわ。あるのはただ、あなたと暗黒だけ。時間と空間は、意味のない概念にまで還元される〉

ゲシールはためらった。

〈つまり、わたしたちは地球に存在していないということ?〉

〈存在しているのよ、ゲシール〉と、ヴィシュナの思考インパルスが感じられる。〈それがすべて。暗黒は宇宙の原状態を再現するの。原状態とはなにか、知っている？〉

〈宇宙の総質量が濃縮された数学的な一点〉ゲシールは応じた。〈空間のひろがりも時間の経過もない、ひとつの点……〉でもそれなら、わたしたちは消えてしまう、と、彼女は恐れながら考えた。カッツェンカットが暗黒エレメントを本来の場所に送りかえすことに、望みをかけるしかなくなる。

〈恐がらないで、妹よ〉ヴィシュナがテレパシーで、〈暗黒を追いはらう方法がひとつあるわ。わたしの声が聞こえているのは、偶然だと思う？〉

偶然？　ゲシールは考えた。ほかのすべては消えた。ほかのすべては、それだけが存在する場所にある……時間も空間もない虚空に、宇宙の原状態の無のなかに。けれど、わたしはヴィシュナの声を聞くことができる。わたしたちは、違うから。

〈スリともコンタクトをとっているわ〉ヴィシュナが伝える。〈スリのおかげで、わたしたちはおたがいを見つけられた。聞いて、ゲシール。暗黒エレメントは地球だけでなく、冥王星が公転していた軌道にいたるまでの太陽系全体をおおっている。アルマダの全艦船と、外にいたGAVÖKの部隊は混乱状態よ。暗黒があらわれたとき、スリは冥王星軌道外の一ツナミ艦にいたの。いまはヴィーロチップのなかにいて、前衛騎兵の作戦を指揮しているわ。スリは、ヴィールス・インペリウムを暗黒に投入すれば勝てると

確信しているけれど、それにはわたしたちの助けがいるの……〉

〈それで、ペリーは？〉ゲシールはたずねた。〈カッツェンカットが……〉

〈わかってる〉ヴィシュナがさえぎった。〈カッツェンカットはペリーの意識をゼロ夢に引きずりこんだ。でも、スリがヴィールス・インペリウムの力を借りて、かれのからだを救いだしたの。いまはハンザ司令部前のヴィールス柱のなかにいるわ〉

ゲシールは左手でこぶしをつくった。右手はブラスターのグリップを痛いほど強く握っている。

〈わたしたちに、なにができるの？〉

ヴィシュナは一瞬黙った。やがてつづける。

〈スリがわたしを助けてくれて、ヴィールス・インペリウムとメンタル・コンタクトをとることができた。こんどはわたしがあなたを助けるわ。わたしに集中しなさい。ヴィールスの光が見えるはずよ。あなたにその光が見えているときにだけ、スリはわたしたちふたりを連れだすことができる。あなたは力を振りしぼることになるけれど、やらなければならない。わかるわね？　三人いっしょなら、わたしたちは充分に強くなって、暗黒との戦いにヴィールス・インペリウムを投入できる。前衛騎兵がヴィールスをコントロールする力はごく弱いもので、インペリウムのほんの一部しか操れない。わたしとスリとで助けてもうまくいかないわ。あなたの支えが必要なの、ゲシール〉

暗黒のなかで、なにかが動いた。

ゲシールは身をすくめた。うなじの毛が逆立つ。見られていると、痛いほどにはっきり感じた。観察者の好奇心は冷たく鋭く、超低温のメスで魂を切られるかのようだ。

〈ゲシール！〉ヴィシュナが心配そうなインパルスを送ってくる。〈どうしたの？〉

「ここに、だれかが……なにかが……」それと気づかぬまま、声に出していた。恐怖で声が震える。「ひとり……こちらを見ている。感じるの、ヴィシュナ！　それとも、何人かいる……？　そう、何人か。暗黒のなかをしのび歩いて、わたしを見ている。すべての星々にかけて、感じるの！」

〈無視しなさい！〉ヴィシュナのインパルスはあまりにも強く、一瞬、ゲシールは頭蓋骨が破裂するのではないかと思って、あえいだ。〈相手にしてはいけない、ゲシール。わかる？　それは現実には存在しないの。人間の魂の奥底に葬られた、忘れられた恐怖、正体のない不安だから。命が存在するようになってから、肉のなかにすみつき、肉を通して受け継がれ、肉につきまとってきたもの。遺伝子コードに巣食い、魂の宇宙を征服しようと、ときおり異形《いぎょう》の頭をもたげる原型……それは現実ではないわ。でも、暗黒の非空間と非時間のなかで充分すぎるほどの注意が向けられたときに、現実となることができる〉

ゲシールの心臓が破裂しそうなほどはげしく鳴った。仮借なくつけ狙う観察者の好奇心に、喉を締めつけられる。その感覚はあまりにも強烈で、からだの痛みさえも引き起こした。観察者の好奇心は、じっとりと冷たい手が触れたかのように生々しかった。

〈でも、わたしは人間ではない！〉ゲシールは思考の叫びをあげた。〈わたしはヴァルンハーゲル・ギンスト宙域で出現した、ヴィシュナの具象よ！　人間のように生まれてはいないわ。なのにどうして、わたしのなかに人間の恐怖が巣食うというの？〉

〈なぜなら、あなたが人間としての生き方を選んだからよ、ゲシール〉ヴィシュナがゲシールの頭のなかでささやいた。〈さ、ヴィールスの光に集中しなさい。カッツェンカットと戦うあなたの夫を助けたければ……暗黒エレメントが時空の還元を進め、もはや引きかえせない一点に到達することを阻止したければ。聞こえる、ゲシール？　ヴィールスの光に集中するの！　もう長くは待てない。暗黒の時間が長くなればなるほど、太陽系住民の危険は増すのよ。ものや人間が消え、いくつもの場所で時空構造の破壊が回復不能なまでに進んでしまうかもしれない……集中しなさい、妹よ！〉

　わかったわ。ゲシールは朦朧《もうろう》としながら考えた。わたしはやる。集中する。暗黒を這いまわる恐怖のことなど考えずに……

　力を振りしぼり、恐怖に打ち勝った。

　しだいに鼓動がおちつき、こわばった筋肉もゆるんでいく。まだ闇からつけ狙う気配を感じたが、ペリーへの思いがすべての恐怖を乗りこえる力をあたえてくれた。世界のなによりも、自分自身の命よりも愛している男が、死の危機に瀕している。かれは戦っているが、彼女が支えなければ負けてしまうだろう。敵の支配する領域で、ゼロ夢の世界で戦っているのだから。

徐々に思考の大波が凪《な》いできた。平穏に満たされ、平穏の訪れとともに、つけ狙っていた観察者も消えた。暗黒だけが厳然とのこっている。だがやがて、ゆっくりと、ためらいがちに、身体的な強さとはまったく関係のない力が彼女のなかでふくれあがった。その力はつねに彼女のなかにあったもので……同時に、外からも流れこんでくる。

ゲシールは目を閉じた。そうしたところで、なにも変わりはしない。

ヴィールスの光が、目をへて意識にとどくのではなく、精神のなかで生じる。ますます明るくなり、ついに彼女を満たした。

それはガラスの光だった。地球のいちばん長い夜のなかで、ガラスの光は高い澄んだ音をたてた。その鋭い響きは、この夜はまもなく明けると告げる鐘の音の先触れかと思われた。

もうすぐだ。なすべきことをなしとげたなら。

ヴィールスの光が頭から足の先まで彼女を満たし、意識のなかで恒星の炎のように明るく燃えあがった。彼女の意志に、割れえぬガラスのたしかさをあたえる。そのときゲシールは夜へと思考を伸ばした。探すまでもない。どこに向かうべきなのか、わかっている。

ヴィールスの光が彼女に道をしめした。

〈きなさい！〉ヴィシュナがいった。彼女の髪に、目に、肌に、ヴィールスがダイヤモンドのようにきらめいている。〈おいで、妹よ！〉ヴィシュナが手をさしのべ、ゲシールがその手をつかむ。ふたりは一歩にして、空虚でしずまりかえった暗黒の世界をあとにし、ヴィーロチップのマイクロ世界に足を踏み入れた。

どこか遠くで、無数の情報断片からなる噴泉が、轟音とともに力強くヴィールス世界の空へと湧出した。黒い点がひとつ、地球のそれを思わせる輝く青空をはなれ、猛禽のように情報の噴泉へと急降下した。その黒い点は降下しながら変化をとげ、真の姿をあらわす。微光を発する黒いヴィールスの鎧をまとった、一名の前衛騎兵である。ヴィールス・ジェットに腹ばいで乗り、片手には赤く光るエネルギー糸の網を持っている。

その前衛騎兵は、ヴィシュナとゲシールに気づいて手を振った。ふたりも黙って挨拶を返す。

三人で手に手をとって無数の情報からなる巨大な渦へと向かい、イメージの洪水に身を沈めた。ヴィールスの鎧をつけた前衛騎兵さえも粉砕しかねない、その猛烈な流れに身をまかせる。三人は奔流とひとつになり、ヴィールス・インペリウムの数十億、数百億のマイクロ世界と一体化する……こうして、暗黒との戦いが幕を開けた。

8

テラナーと夢見者
勝利の苦い味

かれは夢をみていた……

夢をみながらいくつもの黒い空間を滑っていき、半透明の光からなる斜面につづく、底なしの深淵をこえた。

夢をみているあいだに、着々と時間がかたまっていく。鋼よりもかたい時間は、夜の影にかくれた朝のように目に見えなくなり、かれを解放した。

夢をみているあいだ……

……かれは、惑星サーレンゴルトにいた。深紅の空で巨人の目のように輝く、赤と白の恒星。陸と海をグレイの布のようにおおう灰。そのなかから、夢見者の純白の塔が姿をあらわしている。

かれはためらい、直方体の頭をかたむけて、しげしげと眺めた。自分の青白い肌を、みじかくがっしりとした脚を、関節のない腕を、身をかがめずとも地面をおおう灰に触れられる八本指の手を。

なにかがおかしい。なにかが間違っている。漠然とそう感じた。だがいくら頭をひねってみても、疑念の説明はつけられない。

生気のない昼間だった。深紅の空にかかる衛星は、溶けてふたたびかたまった金のしずくのようである。

冷たい風が、煤で黒ずんだ丘陵の向こうまで灰の雲を飛ばした。波が陸に打ちよせる。陸地はさらに南でガラス化した砂浜となって凍りつき、ねばり気のある海洋にのみこまれていく。

なかば靄にかくれた水平線では、空の赤い天蓋を背景に、宇宙船の残骸の輪郭が鋸歯《きょし》状に浮かびあがっていた。このように生気のない日には、あの残骸が不恰好な鋼製の巨大魚に見えることがある。

西では、巨大な炎が燃えさかっていた。

かれはさらに進んだ。一歩進むごとに細かな灰が舞いあがる。その灰は、からだをとりまくエネルギー・フィールドに触れたとたん、崩れて微細な塵となった。このフィールドは、かれを隙間なくつつみ、空気や大地の毒から守ってくれる、目に見えぬ第二の皮膚である。

かれは先へと進み、燃えつきた丘をこえ、海岸までくだっていった。燃えつきた残骸の山が異形の神の偶像のごとく海岸を縁どっているガラス化した砂浜に波が物憂げに打ちよせ、風がさえざえとうなる。

かれは、立ちどまった。

赤い恒星が徐々に汚れた海へと沈んでいく。ウィ＝ンの宇宙船の残骸が、赤い肉のような血なまぐさい色に染まる。

そのとき、世界が転回した。時間が飛び、かれはもはや、ひとりではなかった。ガラス化した砂浜のすぐ上に、純粋な光の円があらわれた。ひと塊りの赤熱した鉄が世界から打ちだされ、中心からべつの物質におきかわっていくかのようだ。円の中心から光が弱まっていく。光る円は光るリングとなり、暗黒を縁どって光り輝いた。

その暗黒から、一ヒューマノイドの輪郭があらわれた。影の仮面をかぶり、顔はない。奇妙に平面的で、二次元写真を思わせる。その者の足が、汚れてひび割れた地面のガラスに触れたとたん、光り輝くリングは消えた。

未知者は動かず、なにもいわず、息もしていない。黙ったまま、直方体の頭をした白い肌の虚弱な者を見おろしている。見おろされた者は考えた。なにかがふつうではない。ここはなにかがおかしい……かれのなかに、べつの思考が入りこんできた。大声で、饒《じょう》舌《ぜつ》に。

〈わたしは夢見者。たくさんいる夢見者のひとりだ。われわれサーレンゴルト人は一万年にわたり、ナルツェシュ銀河の諸種族を支配してきた。ウィ＝ンの偵察隊が殺戮の宇宙船で空を暗くし、サーレンゴルトを焼きつくすまで……〉

それでも、疑念はのこっている。

夢見者は黒い未知者を見あげて、たずねた。

「だれだ？」

「おまえの主人だ」未知者は応じた。

「わたしに主人はいない」夢見者はいいかえした。「わたしは自由な……」そこまでいって、考える。自由な、なんだ？　サーレンゴルト人？　自由なサーレンゴルト人？　いや、違う。根本的に違っている……

「わたしはおまえの救済者だ」黒い来訪者は動じることなくつづけた。「おまえをウィ＝ンの手から救いだし、おまえの同族がたどった運命から守ってやった。終わりなき夢からさめ、おまえの塔から出られたことについて、おまえが感謝すべき相手はわたしだけだ」

「もしもそれがほんとうなら」夢見者はためらいがちにいった。「わたしの種族のほかの者も救ってもらいたい」

なにか熱いものがかれを突きあげた。内面から仮借なくわきあがってくる。怒りだ、と、夢見者は当惑しながら考えた。これは怒りだ。わたし自身の怒り。だが、なにを怒ることがある？

「おまえはおろか者だ」未知者はいった。

夢見者はまわりを見た。北のほっそりとした白い塔に目をやる。あそこで同族の者たちが眠り、夢をみて、死ぬまでまどろんでいる。ウィ＝ンはあの塔を破壊することはできなかったが、眠れる者の精神を破壊する方法は見つけていた。あのなかでサーレンゴルト人たちは夢をみている。それは無限の宇宙へと導くゼロ夢ではなく、異質な夢だ。意識が肉体のおおいという牢獄からはなれることを妨げる、悪夢である。

かれだけが目をさましたのだ。何十万という同族が塔で眠り、自分自身の夢に埋葬されていくあいだに。

「わたしの種族を救ってくれ！」かれは未知者に乞うた。

「おまえはわたしに仕えるのだ」夢見者の言葉に応じることなく、黒い姿はいった。

「おまえはほかの者を支配するようになる。それでもわたしに仕えるのだ。わたしを裏切ってはならない。裏切れば、死ぬことになるから。わたしに仕えるなら、おまえに永遠の命をやろう」

かれのなかの声が、未知者の申し出を受けるようにと迫った。無理やり説得しようとして、語りに語る。だが、かれはもはや耳をかたむけなかった。声の饒舌さにうんざりしていたから。

「わたしはどのような主人にも仕えない」かれは反抗的にいった。「わたしの協力が必要だというのなら、協力しよう。わたしの種族をウィ＝ンの死の眠りから目ざめさせてもらえれば、すぐに」

「おまえはおろか者だ」未知者はふたたびいった。「わたしにしたがわなければ、おまえはこの灰の世界で死ぬことになる」

「死ぬのであれば、わたしは自由なままで死ぬ」夢見者は答えた。未知者の申し出を受け入れるのが賢明だと説得しようとする、もうひとつのしつこい声は無視した。

「わたしに仕えれば」黒い来訪者は懐柔しようとする。「おまえは永遠に生きられるのだぞ」

「あなたの道具としてだな」夢見者は苦々しげに応じた。

「だが、死んで手に入る自由に、どのような価値があるというのだ？」

「それでは」夢見者はいいかえした。「無数の他者の死と引きかえに手に入れた永遠の命に、どのような価値があるのか？」

未知者はなにもいわない。

夢見者は待った。

「おまえに名前をつけなければ」不気味な者はいった。「新しい名前を」

夢見者の内なる声がささやいた。どのような名前を選ぶべきなのか、わかっているだろう。いうのだ、〝カッツェンカット〟と。

夢見者はためらった。声が怒りをこめて饒舌に語り、かれの気をそらし、かれの思考のじゃまをする。かれが内面から外へと注意を向け、炎の音に耳をかたむけてはじめて、炎が自分に語りかけていることに気がついた。その声はじっとりとして、言葉を理解するのはひどくむずかしい。だがついに、なにを伝えようとしているのか、わかった。

「わたしには名前がある」かれは黒い姿にいった。「いい名前だ。〝ペリー・ローダン〟という」

世界が砕ける。

夢見者は、その精神もろとも砕け散った。

＊

ショックとともに、ペリー・ローダンは自分自身にたちかえった。おのれを認識したのち、記憶がもどる。ここ数時間の出来ごとがスポット映像のように心眼の前をよぎった。深淵からのヴィジョン。事実であるはずがないのに、それでも仮借ない真実をうつしだしていた、あの映像。二千年来の友であり道連れであったアトランが、あらゆる危機を生きのびることにかけてはならぶ者のない友が、深淵という異質な次元で死ぬことになったのだ……意味のない恐ろしい死。ゴールを、トリイクル9の土台がある黄金色の創造の山を目前にして、アトランとともにジェン・サリクも命を落とした。深淵の底なしの奈落が、ふたりを永遠にのみこみ……

ローダンのなかで痛みが荒れ狂い、サーレンゴルトの夢見者の半身を体現していた虚弱な者のことは、意識からほぼ消えさった。べつの記憶がよみがえる……ハンザ司令部本部のインケニット製ハッチにつながるひろい通廊……ゲシール……虚無からのメンタル攻撃と、《理性の優位》が太陽系の小惑星帯で探知されたという報告……ハンザ司令部本部のイ

それにつづく第二の仮借ない攻撃……そして……

「きみの心理トリックは失敗に終わった、カッツェンカット」ペリー・ローダンはいった。

何百年も前、かれは〝瞬間切り替えスイッチ内蔵人間〟と呼ばれていたもの。どのような状況にも電光石火で対応できたから。この冷静な発言は、かれがいまなおその呼び名にふさわしいことを証明していた。

表面では平静さをたもちながら、思考は高速で回転した。

ある意識レベルでは、拉致の経過を再現し、カッツェンカットが心理トリックを使った動機を分析し、ゼロ夢見者が次に打つ手を予測している。べつの意識レベルでは、カッツェンカットによってどこに連れてこられたのか、ここはどのような場所なのか、そ

もそも場所と呼べるのかを考え……心の奥底では、深淵の地で命を落とした友ふたりを悼んでいた。

ペリー・ローダンは周囲を見た。

闇がかれとサーレンゴルト人をつつんでいる。ローダンとカッツェンカットは、この闇のなかで浮遊していた。両者とも呼吸をしていない。

その事実に打ちのめされる。

「そのとおりだ」サーレンゴルト人が子供のように高い声でいった。「おまえは、わたしのゼロ夢のなかにいるのだから」

カッツェンカットの声を聞いたと思ったが、そうではなかった。ゼロ夢見者の言葉はローダンの意識のなかに直接、生じている。メンタル安定人間であるにもかかわらず、かれはテレパシー・インパルスを遮蔽できていない。その唯一の論理的な説明は、カッツェンカットがなんらかの力をふるっているということ。

「せんだってのアニン・アンの働きがなかったら、おまえをゼロ夢に連れさることはできなかっただろう」カッツェンカットはローダンが口にしなかった推測を裏づけた。「とはいえ、裏切り者の技術エレメントを大幅に上まわる貢献をしたのは、最後のエレメントの力だ。暗黒を……」

わたしのからだは、と、ローダンは考えた。わたしのからだはどこにある？　テラのハンザ司令部だろうか。気を失って通廊の床に横たわっている？　からだもゼロ夢のなかに存在できるのか？

かれは、頭をひねるのをやめた。

ゼロ夢でなにが可能なのか、知っているのはカッツェンカットだけだ。

「暗黒を……」サーレンゴルト人はくりかえした。おまえを手に入れるために。わたしは呼びだした、ペリー・ローダン。おまえを手に入れるために。われわれは夢をみている、テラナー。この暴挙に出たが、その暴挙はむくわれたわけだ。われわれは夢をみている、テラナー。この夢が薄れゆく前に、おまえは死んでいるだろう。おまえの精神はここ、ゼロ夢のなかで死ぬ。そして、おまえのからだは暗黒のものとなる……」

カッツェンカットは笑った。その哄笑の響きに、ローダンは寒気《さむけ》をおぼえた。そこにあるのは勝利の歓喜ではなく、サーレンゴルト人を内面から食いつくす恐怖だったから。

かれはいったいなにを恐れている？　ローダンは考えた。ネガスフィアの支配者か？

「こんなことはしたくなかった」と、カッツェンカット。「これはわたしの決定ではない。わかるか、テラナー？　わたしは命令を実行したのみ。それがすべてだ。わたしはつねに命令を実行してきただけ。道具なのだ。わたしが悪いのではない」そういって、手を振る。テラナーはいまになってはじめて、相手のからだが透明であることに気がついた。ゼロ夢の幻影か。カッツェンカットは性急につづけた。「ほかに選択肢はなかった。わたしはどうすればよかったのだ？　ほかの者が生きているのに、死ねというのか？　最後のエレメントを太陽系に呼びだすよう、かれに命令され、わたしはしたがった。四千年前からしたがってきたのだ。かれは主人だから」

「ネガスフィアからきた者だな」ローダンはつぶやいた。唇を動かしたが、カッツェンカットのように思考で話している。

「エレメントの支配者だ」と、カッツェンカット。「わが主人。わたしは従者にすぎない」

「きみは指揮エレメントだろう」

「指揮エレメントだった」夢見者はいいかえした。「もはや十戒は存在しない。おまえのせいで！」

夢見者の怒りはこぶしの一撃のようであった。感情爆発のメンタル力に、ローダンはあえいだ。カッツェンカットに勝てるという希望は消えさった。はじめから勝ち目はなかったのだ。ゼロ夢のなかのサーレンゴルト人は無敵だから……そのとき突然、精神の重圧が弱まった。

「おまえは違うとわかっていた、テラナー」カッツェンカットが断じた。「さもなくば、おまえは第一ラウンドで負けていたはず」

「あの心理トリックか？」

「心理トリックではない！」サーレンゴルト人はいきりたった。「おまえが屈服していれば……自由を永遠の命と引きかえにしていれば……おまえはわたしと完全に同化していただろう。わたしのなかで溺死していたはず。だが、おまえは強い」

ローダンは次の言葉を慎重に選んだ。

「きみはずいぶん前から支配者に背を向けていたはずだ、カッツェンカット。したがっていたのは、恐れたからにすぎない」

「わたしはつねに支配者を恐れてきた。おまえは支配者を知らぬのだ。その力について、なにひとつ」

「だが、われわれはかれに抵抗した。支配者は目的を達していない。われわれはクロノフォシルを次々に活性化させた。そして、いまや……」

「いまや、暗黒エレメントが太陽系を支配している！」夢見者は荒々しく口をはさんだ。またしてもあの場違いでヒステリックな哄笑の声をあげる。「暗黒はすでに長いあいだとどまっている。一時間一時間、一日一日と。暗黒がネガスフィアにもどらないこともありうる……それが支配者の計画だったのかもしれない。おまえやコスモクラートや、オルドバンの無限アルマダだけでなく、わたしのことも破滅させるつもりなのだろう。もう必要ないから。ローダン、おまえが死ねば、モラルコードの修復は阻止される。すくなくとも当面はな。もはや指揮すべきエレメントが存在しないいま、指揮エレメントになんの価値があるというのだ？」

「エレメントの支配者との関係を断て、カッツェンカット！」ローダンは最大限の説得力を言葉にこめた。「きみが支配者から離反すれば、わたしが守ってやろう。きみは間違った道を歩んだが、まだ引きかえせる」

「なんという提案だ！」ゼロ夢見者は大声で嘲笑する。「なんと寛大な申し出だろうな！　おまえには理解できないのか？　考えることができないのか？　わたしがどのような状況にあるか、わからないのか？　まわりをよく見ろ！　どれほど暗いか、見えないのか？　星ひとつなく、明かりひとつない！　しかも、これは暗黒の周辺部にすぎない……わたしはできるかぎり遠くまで飛んだが、星が見えるほど遠くはなかった。やろうとしても、それ以上は行けなかったのだ。暗黒がわたしを捕らえたから。このあたりではわたしをのみこめるほど強くはないが、逃走を阻止するだけの力はある。逃走だと！」

カッツェンカットは苦々しく笑った。

「どうすれば逃げられる？　もはや自分のからだには手がとどかぬというのに。からだはわが宇宙船のなかに、暗黒が支配する太陽系の小惑星帯にあるのだぞ？　暗黒がこれほど長く出現しつづけるなど、わたしには知りようがなかった。四日間もだ、テラナー。以前のような数分ではなく……」夢見者は言葉を絞りだした。「なぜ暗黒がとどまっているのか、わたしにはわかる。とどまっているのは、わたしがここにいて、逃げられないと知っているからだ。わたしを待ちかまえている。わたしを捕らえ、のみこんで、はじめて撤退するのだろう……」

カッツェンカットはちいさく笑い声をもらした。

「だが、わたしを手に入れることはできない。暗黒が待ちかまえているというのにあの星系の内部にもどるほど、正気を失ってはいないから。わたしには、もはやからだは必要ない。意識として生きつづけることもできる。あの黒い怪物は、わが宇宙船もわがからだものみこむがいい。だが、わたしは手に入らない！　絶対に！　わたしは……」

カッツェンカットは黙ったが、やがて、いった。

「もう充分だ！　ごたくはもういいだろう、テラナー。わたしは命令を受けた。その命令を実行する」

「わたしを殺すつもりなのだな」ローダンは冷静に断言した。

「おまえを殺せという〝命令〟を受けている」夢見者は訂正した。

「まだ引きかえせる」ローダンはいった。「わたしの申し出はまだ有効だ」

ふたりをあらゆる方向からつつんでいる闇が動きはじめた。カッツェンカットも気づいたようだ。ゼロ夢をみる意識からはなたれ、鋼の鎖のごとくローダンをこの場に捕らえている精神の重圧が、弱まった。恐怖と疑念のオーラがひろがる。

テラナーは本能的にそのオーラの作用領域からはなれようとした。驚いたことに、夢見者をあとにのこしてすぐにその場をすりぬけられた。当然だな、と、ローダンは考えた。ゼロ夢のなかでは、質量のない意識を動かすには思考の力だけでことたりる……

そこにメンタル性の殴打を受けた。心理攻撃のすさまじい力に、精神が砕け散るかと思われた。たったいままで明瞭だったかれの思考は、もみがらのようにあらゆる方角に吹き飛ばされる。奇妙な感覚であった。千もの場所に同時にいるかのようだ。だが、この現象に驚く力さえかき集めることはできなかった。精神の破片がばらばらになって遠ざかり、暗黒の虚無へと向かう。人格の喪失が進むにつれて、知覚能力も失われていく。

カッツェンカットの次のメンタル殴打も、かすかに感じただけだ。最初のものよりもはるかに強い。ローダンの意識が数立方キロメートルにわたって分散することなく一カ所に集中していたなら、まちがいなく死んでいただろう。夢見者のメンタル・エネルギーは、ローダンの精神の破片をいくつか破壊しただけですんだ。

そのとき、奇妙なことが起こった。

意識の破片が、虚無へとはてしなく吹き飛ばされるかわりに、メンタル性の重心に吸いよせられるかのように集まったのだ。わずか数秒の出来ごとだった。それが終結したとき、ローダンは気がついた。実際に、意識のなかに一種の重力中心が存在している。死を前にして本能的にとりこんだ、メンタル・エネルギーのとほうもないストックだった。

このエネルギーがどこからきたのか、わかっていた。かれの人生でそれと気づかぬまま、宇宙のあちこちにのこしてきたメンタル・エネルギーである。のちにクロノフォシルと判明する場所……アンドロメダに、マゼラン星雲に、二百の太陽の星に、そして銀河イーストサイドに保存されていたエネルギーが、かれの意識に還流したということ。クロノフォシルを活性化するたびにストックは増えていた。いま、その潜在力の一部が解放され、カッツェンカットの攻撃から身を守ったのだ。

サーレンゴルト人は予期せぬ抵抗にとまどい、あとずさった。その小休止のおかげで、ローダンはメンタルの防御壁を強固にし、反撃の準備をするチャンスを得た。

そのとき、暗黒が裂けた。

きらめく洪水が突入してきて、裂けたのだ。くりかえし、恒星間空間の深みから、あらたな波となって打ちよせる。その洪水は無数の個々のヴィールスからなっていた。ほぼ光速で、暗黒の膨張した黒いからだに穴を穿《うが》っていく。個々のヴィールスからなる半透明のヴェールに、待ち針の頭大の隕石がとほうもない大群となってつづいた。近くで見ると、それは集結したヴィーロチップであった。ついで何十億ものビー玉サイズの集合体が波をつくり、恒星の方向へと押しよせる。そして次の波、さらに次の波とくりかえされ、全世界がきらめきに満たされた。

ヴィールス・インペリウムが、暗黒エレメントとの戦いを開始したのである。

ヴィールスの集合体が暗黒と衝突した場所では、これまでに人類が目にしたなかでもきわめて奇妙な戦闘が勃発していた。きらめく塊りが何十億と中空の球をかたちづくり、暗黒を捕らえる無数の牢獄となる。中空の殻が完全に閉じたとたん、ヴィーロチップが情報を放出。数分の一秒もかからずに、とほうもない量の情報がはなたれる。個々のヴィーロトロン核に保存されていた数兆ビットもの内容が、無秩序な情報断片として殻内部の空洞に注《そそ》がれ、黒い空虚を満たして飽和させた。このデータの負荷に耐えられず、暗黒は崩壊し、内破して消滅する。

すべてのヴィールス集合体が、情報のスーパーノヴァと化した。

四次元時空構造が……暗黒の作用のもと、よりかんたんな構造へと次々に崩壊していた通常エネルギーとハイパーエネルギーの高度構築ネットワークが……ほぼ計測不能なタイムスパンのあいだ、みずから情報搬送体となった。時空構造が再構成される。猛烈な情報流入の圧力に屈して、暗黒が退却する。

ペリー・ローダンは……正確にいうと、まだゼロ夢の法則に捕らえられているローダンの質量を持たぬ意識は……データの洪水に翻弄されるおもちゃのボールと化していた。これらの情報も人間の精神と同じく実体を持たず、数学的に把握できる概念にすぎなかった。

物理的に存在しない状態では、基本的な物理法則にしたがう必然性から解放される。同時に、情報はきわめて緻密な相互依存状態をとる。

太陽系から暗黒エレメントを駆逐する情報の嵐は、物質にも、重力のようなエネルギー形態にもなんの作用もおよぼさない。だが、ローダンの意識には作用したようだ。嵐はローダンをさらっていった。データのあらたなスーパーノヴァが起こるたびに、あらたな情報の渦が生じ、ヴィーロチップから情報が放出されるごとに、ローダンは数百万キロメートル、数十億キロメートルも飛ばされる。やがて無秩序なビットからなる次の大波により、べつの方向に運ばれていく。

それでもローダンは抵抗せず、流れに身をまかせた。魅了されると同時に畏敬の念を感じながら、宇宙史における比類なき奇蹟の目撃者となった。

黒い斑点がますます速く縮小していく。情報の過飽和に抗しきれなかった、暗黒の残骸である。

にわかにテラナーは理解した。この弱点から暗黒の本質がわかるというもの。暗黒は宇宙の情報量を低下させる。情報の欠如こそが、原宇宙の特徴であった。ヴィーロチップが猛然と放出した情報は、この欠如をなきものとし、暗黒そのものを排除したのだ。

だが、まだ戦闘はつづいている。

十戒の最後のエレメントに対する情報戦争は激烈なもので、ヴィールス・インペリウムの損失も甚大となっていた。ヴィーロトロン情報が放出されるたびに、補充のきかぬ大量のデータが失われる。ヴィーロチップにとって、メモリー内容の強制放出は自殺行為である。とほうもない規模とはいえ、ヴィールス・インペリウムは無尽蔵ではない。とどめようもなく縮小していき、いくらもたたぬうちに一部をのこすのみとなった。

情報の嵐が徐々におさまっていく。

激戦がつづいているのは、テラ、つまり暗黒の中心地のみ。

土星の公転軌道のあたりで、ローダンは太陽に向かう情報の渦に巻きこまれ、ついで火星と地球とのあいだを流れる分岐流に入り、まっすぐにテラへと運ばれた。ひとりではない。もうひとつ、べつの意識がある。

カッツェンカットだ！

ゼロ夢見者は強力な奔流を相手に大暴れしていた。そのメンタル悲鳴のすさまじさに、ローダンは意識の統一をたもつべく苦労を強いられたほどであった。地球が急速に近づいている。ブループラネットの外見を、漆黒の帯や斑点が損ねていた。ヴィールスのきらめく雲が、暗黒の最後の砦に整然と向かっていく。

ヴィールスは迅速かつ徹底的に行動した。

だが、カッツェンカットを救えるほど迅速ではなかった。

鳩の卵大のヴィールス集合体が突如として迅速に情報爆発を起こした。

アフリカ大陸南端か

ら南極大陸にかかっていた暗黒の一帯へと、ゼロ夢見者を吹き飛ばす。

暗黒へと転落しながら、カッツェンカットは悲鳴をあげた。

ペリー・ローダンは、知性体がこのような悲鳴をあげるのを聞いたことがなかった。四千年かけてつのらせてきた憎悪と怒り、心の底からの恐怖が、ただ一度のメンタル悲鳴となって放出されたのだ。そのメンタル・インパルスの威力に、暗黒さえも揺らめいたが、獲物をはなすことはない。カッツェンカットが叫んだ。

〈わたしはもどってくる！　もどってくるからな！〉

やがて、暗黒がかれを食いつくし、悲鳴はやんだ。

暗黒エレメントは、四千年前から探してきた獲物をのみこんだとたん、太陽系から姿を消した。

同時にローダンのエーテル状意識が、仮借ない力によって地球に引きずりこまれる。かれは眼下にテラニアのビル群を見ても驚かなかった。かれを引きずりこんだ力は、ハンザ司令部の建物群の前にある広場から発せられていた。朝の光にきらめくヴィールス柱から。

数分の一秒後、精神とからだがふたたび一体化した。目を開ける。予想が的中したとわかり、ローダンは満足してほほえんだ。かれはヴィールス柱のなかに横たわっていた。地球のいちばん長い夜のあいだ、ヴィールス・インペリウムがかれのからだを守っていたのだ。

アトランのことを、ジェン・サリクのことを思いだして、きびしい表情をつくる。そうすることで、心痛を追いはらおうとするかのように。

「ハロー」と、はにかんだ声がした。

ペリー・ローダンは頭をあげた。出入口にゲシールが立っている。

突然、自分はひとりきりで苦しんでいるのではないとわかった。助けがいるときに握ることのできる手は、いつもそこにある。だが、そう確信しても痛みはなにも変わらなかった。もっとも忠実な友の喪失をなかったことにはできない。それでも、前進する力があたえられた。

妻の前に立ったとき、悲しげでおだやかなほほえみを浮かべることさえできた。

「わたしを助けてくれるか？」と、たずねる。

ゲシールはうなずいた。かれがなにをいいたいのか、わかっている。

彼女は夫の手をとった。ゲシールの目にヴィールスのガラスの光がうつったそのとき、ペリー・ローダンによってクロノフォシル・テラが活性化された。

9

シ＝イト
ミミズのための人生

「あなたはなにも理解していなかったのです」ムウルト・ミミズがわめいている。「賭けてもいい。あなたは、理解するとはどういうことかさえ理解していません！」

シ＝イトは軽蔑の笑い声をもらした。

「おまえは、自分はきわめて賢いと思っているのだろう？」と、さえずる。「だが、わたしをだますのは無理というもの。おまえの考えなどお見通しだ、ミミズ。毒を持ったイーストサイドの珍味のぺてんにかからない程度には、わたしも頭がまわるのだぞ」

自分の言葉を強調すべく、シ＝イトは陰険なミミズの住みかである缶を平手でたたいた。缶のなかのガタス風クリームソースが、文句をいうようにぼこぼこ音をたてる。それとも、ミミズがたてた音だろうか？ やつなら、どんなことでもやりかねない……

「とにかく、信じられません」ミミズが叫ぶ。「わたしに毒があったときには、あなたがわたしを食べようとするのをとめられないほどだった。それがいま、食べられるようになったというのに、このクリームソースひとさじの試食さえも拒否するんですから。ふつうではありませんよ、シ＝イト！」

ブルー族は皿頭のやわらかいうぶ毛をなでた。日が照っている。絶対的暗黒に四日間さらされたあとだから、ソルのささやかな光にも感激していた。もちろん、フェルトとはくらべものにならないが、目下のところは、あたえられたものを受け入れるしかない

……

大通りの搬送ベルトはゆるやかに大きなカーブを描いている。シ＝イトは時速三十キロメートルでテラニア北部の郊外を移動していた。まもなく前方に八角形のタワーが見えてきた。ひと跳びして、並走する減速路線にうつると、数秒後にはさらにスピードの遅い路線に移動し、もよりの乗り換えプラットフォームに到着。数分後にはタワーの入口に立っていた。

陰険なミミズがすかさず次の罠をしかけてきた。

「《マシン》がヴリジン星系で爆発したとき、超越知性体〝それ〟に助けられたことは認めますか？」

「もちろんだとも」シ＝イトはさえずるようにいった。いきおいよく歩を進めて住居タワーに入ると、近くの反重力シャフトに向かう。

「それから、あなたはここ数カ月のあいだエデンⅡにいて、ずっと巨大なムウルト・ミミズに追いかけられていた。そのことも認めますか？　生のブルー族を銀河系最高の珍味だと思っていたあの巨大ミミズこそ、〝それ〟のとんでもない変身姿でしたよね？」

「たしかに」シ＝イトは同意した。反重力シャフトにひらりと跳びこみ、ゆっくりと上へ向かう。

「それなら、ラ＝グーファングがひそかにスープに入れたとあなたが主張していた自称ムウルト・ミミズもまた、〝それ〟の変身した姿だったと考えられるのではありませんか？　つまり……ふつうのムウルト・ミミズであれば、あなたを戦争エレメントのヒュプノ作用から解放することなどできなかったのでは？」

「そうかもしれんな」シ＝イトはうなずいた。「そのような行為は、まちがいなく、たいていのミミズの能力をこえるものだ」

「でも、それならなぜ、〝それ〟があなたの労苦に免じて、まちがいなくほんもので想像もできぬほど美味なうえに絶対に毒のないミミズを提供したというのに、受け入れようとしないのですか？　しかもそれが、わたしなのですよ？」

シ＝イトは十三階で反重力シャフトを出た。好奇心も旺盛に周囲を見る。八角形の中庭の壁の、光を屈折させる結晶構造や、ハシリゴケの百以上のコロニーが越冬している植木鉢には感銘をおぼえた。さらに、シガ星人のジェット橇にも。橇は光シャフトのなかで円を描いたと思うと、いきなり墜落していく。操縦士が大声で助けをもとめた。「よき被造物がきみとともにあらんことを！」シ＝イトは墜落中の操縦士に向かって叫んだが、そのときすでに、ジェット橇はいちばん下の地下階に激突し、爆発していた。拡声機で増幅された怒りの叫びから、カーソン・トリトンが墜落を生きのびたとわかる。

「質問に答えてください！」ミミズが騒ぎ、クリームソースのなかでひどく暴れたので、シ＝イトのベルトにつけた缶がはげしく揺れた。「わたしがまちがいなくほんもので絶対に毒のないムウルト・ミミズであると、信じるのですか、信じないのですか？」

シ＝イトは皿頭を揺すった。

「わたしほどの銀河の英雄をだましおおせるミミズなど、まだこの世に生まれてはいないのだ」

「でも、わたしに毒はありません！」ミミズは叫んだ。缶の揺れがひどくなる。「わたしは羨望されるほどやわらかく、筆舌につくせないほど美味で、比類ないほど健康にいいのです！　あなたはわたしを食べるべきだ！　わたしには賞味してもらう正当な権利がある！　わたしは……」

「おまえは陰険で、嘘つきで、厚顔無恥で、口やかましくて、一リットルの塩酸と同じほど有毒なのだ」シ＝イトはぴしゃりといった。「つまりわたしは、疑似知性をそなえた、確実に致死毒性のあるミミズの嘘に引っかかるほどおろかではないということ。それに、もうこれ以上おまえの話を聞くのはごめんだ！」

ミミズは大暴れした。

缶のなかでぶくぶくと音がしはじめる。シ＝イトが怒って揺すると、ミミズはようやく反抗的な音をたてるのをやめた。

シ＝イトは近くのドアをノックした。ラ＝グーファングがドアを開け、皿頭を外に伸ばし、甲高い、なかば超音波領域にある叫び声を発した。

「きたのですね！」《トリュリト・ティルル》のもと料理長が歓声をあげる。「ミミズを連れたわれらが艦長がきた！」

「しずかにしろ」べつのががらがら声がいった。「砂浴の最中に騒がれるなど、がまんならない！」

後方のふたつの目を開くまでもなく、サヴァイヴァル・スペシャリストのクロク＝クロクだとわかった。このトプシダーは傲慢で尊大でユーモアがないだけでなく、口をきわめてイーストサイドの珍味をけなすのだ。べつのいい方をすれば、常軌を逸しているということ。

シ＝イトはラ＝グーファングを押しのけ、ガタス語の挨拶をさえずるように口にした。光シャフトに墜落した操縦士カーソン・トリトンと、ハルト人の巨大な赤ん坊グラン・デイクと、クロク＝クロクをのぞく全員がそこにいた。ムレムル、エリュファル、ギュルガニイ、ユティフィ、ラ＝グーファング、そしてハジョ・クレイマン。

わがチームだ！　シ＝イトは幸福に考えた。全員が冒険への憧れにとりつかれている。全員で宇宙の奇蹟を目撃し、すくなからぬエキゾティックな珍味を味わうことになるだろう。ああ、星々が待つのはわれらのごとき英雄のみ。その星々をいつまでも待たせるわけにはいくまい。〝それ〟が嘘をついたのでなければ……

「グラン・デイクはアヒル池で水浴びをしています」ムレムルが挨拶がわりに声をはりあげる。「このタワーの下で。ギュルガニイとユティフィがグラン・デイクと賭けをして……」

「しずかにしてくれ」クレイマンが低くいった。かれがさししめしているのは、宇宙の暗黒を背景に、地球の青い球体をうつしだしているホログラム・キューブである。

そこではヴィールスの集合体が、きらめくクリスタルの雲のように惑星を周回していた。何千、何万ものヴィールス塊。ヴィールス・インペリウムのなごりだ。

ローダンがクロノフォシル・テラを活性化させた直後、最後のヴィールス集合体が周回軌道に入った。ついで地上のさまざまな町のヴィールス柱が礎石をはなれ、宇宙空間の雲にくわわった。

シ＝イトは満足してさえずり声をもらし、クッションの上にすわりこんだ。

さしあたり〝それ〟は真実を語ったのだ。エデンIIで不死者から聞かされたほかの話も事実なのだろうか。そうであるように願ったが、すべてがあまりにも空想的で、とても信じられない……

とはいえ、〝それ〟の予言したことが実現するまで長くはかからないだろう。だからこそ、シ＝イトはこの八角タワーにやってきた。自分の選んだチームが住む場所へと。

もちろんかれの未来の仲間は、自分たちが選ばれし者だと気づいてはいない。かれらがすべてを知るのは、まだ早すぎる。

荘厳に周回するヴィールス雲の映像が切り替わった。四日にわたった暗黒フェーズのあいだに、テラや太陽系の諸惑星がこうむった被害の特集番組である。さいわい被害は甚大ではなかった。ヴィールス・インペリウムの介入が、最悪の事態を防いだのだ。

クレイマンがチャンネルを変えた。クローン・メイセンハートとローランドレのナコールの顔がホログラムいっぱいにあらわれる。ジャーナリストがアルマダ王子にインタビューするようすを、シ＝イトはおざなりに聞いていた。だが、無限アルマダは数日後に太陽系を去る予定だとナコールが語ったとき、ぎょっとした。

「ベハイニーン銀河までは遠いのでしょう?」と、メイセンハート。「あなたのようなプロの流浪の民であっても、アルマダ王子……」

「ベハイニーン銀河は、テラの天文学者が〝かみのけ座〟と呼ぶ銀河団に属し、銀河系からはほぼ四億二千万光年はなれている」ナコールはおだやかに応じた。

クレイマンは金縛りにあったようにホログラムを凝視し、ちいさく口笛を吹いた。

「四億二千万光年！　コナンにかけて、それは……」

「……ほんのひとっ飛びだ」シ＝イトがそっけなくさえぎった。「待っていろ！　すぐにわれわれ……」そこで口をつぐむ。

「すぐにわれわれ、なんなのだ？」クレイマンはたずねると、シ＝イトをしげしげと見た。「ここにきてからずっと、なにかいいたそうだな。そろそろどういうことなのか聞かせてもらいたい！」

「がまんしてくれ！」シ＝イトは強くいった。「星々がすべての疑問に答えるだろう……時がくれば」

心のなかでほくそえんだ。天才的な答えだ、と、シ＝イトは思う。じつに天才的だ。

シ＝イトは背もたれに身をあずけた。ナコールのセンセーショナルな発言につづいた大騒ぎの声は無視して、軌道上のヴィールス雲を思う。

そして、数日後には四億二千万光年はなれた銀河へ帰郷の旅に出る無限アルマダのことを。

もうすぐだ、と、シ＝イトは心のなかでいった。もうすぐだ。

宇宙のはるか遠くで、一千億もの銀河が自分のような男たちを待っている。そこまで行くことになるだろう。なぜなら……と、シ＝イトはわけ知り顔に胸のなかで語った。

わたしのような命知らずの冒険者にとって、銀河系はちいさすぎるから。あまりにもせまく、あまりにも洗練され、あまりにも飼いならされている。宇宙が呼んでいるのだ。この呼びかけに応じなければ、遅かれ早かれわたしは、あのような気分になることだろう……あのような……

かれはふさわしい比喩を懸命に探した。

「クリームソースがたっぷりと入った缶のなかのムウルト・ミミズのような」と、ミミズが案を出す。

そのような比喩はじつにありきたりだ、と、シ＝イトは考えた。

あとがきにかえて

鵜田良江

このたび、はじめて宇宙英雄ローダン・シリーズの翻訳をすることになった。簡単に自己紹介をしておきたい。宮崎で生まれて福岡で育ち、大学の農学部で学んだあとには化粧品や洗剤などの開発に従事していた。退職したのち、学生のころに取り組んでいた翻訳の勉強を再開して、ローダンNEOシリーズでご縁をいただき、今にいたっている。中高生時代にはグイン・サーガやレンズマン・シリーズ、星新一のショートショートを愛読していた。当時、本シリーズには一瞬触れた記憶があるのみだが、今回あらためて出会えたことに感謝するばかりである。

これを書いているのは二〇二〇年七月十三日。ここ一週間のあいだに、生まれ育って現在も住んでいる九州の各地を、さらには本州をも豪雨が襲った。被害にあわれた皆様に、心からお見舞いを申し上げます。

訳者略歴　九州大学大学院農学研究科修士課程修了，ドイツ語翻訳者　訳書『永遠の世界』ボルシュ，『アトランティス滅亡』モンティロン，『スターリンの息子』エスターダール（以上早川書房刊）他多数

HM=Hayakawa Mystery
SF=Science Fiction
JA=Japanese Author
NV=Novel
NF=Nonfiction
FT=Fantasy

宇宙英雄ローダン・シリーズ〈623〉

夢《ゆめ》見《み》者《しや》カッツェンカット

〈SF2292〉

二〇二〇年八月 二十 日 印刷
二〇二〇年八月二十五日 発行

（定価はカバーに表示してあります）

著者　クルト・マール
　　　トーマス・ツィーグラー
訳者　鵜《う》田《だ》良《よし》江《え》
発行者　早川 浩
発行所　株式会社 早川書房
郵便番号 一〇一 - 〇〇四六
東京都千代田区神田多町二ノ二
電話 〇三 - 三二五二 - 三一一一
振替 〇〇一六〇 - 三 - 四七七九九
https://www.hayakawa-online.co.jp

乱丁・落丁本は小社制作部宛お送り下さい。
送料小社負担にてお取りかえいたします。

印刷・信毎書籍印刷株式会社　製本・株式会社川島製本所
Printed and bound in Japan
ISBN978-4-15-012292-8 C0197

本書のコピー、スキャン、デジタル化等の無断複製は著作権法上の例外を除き禁じられています。